KB124815

작가 사이토 린

2004년 시집 《손을 흔들어 손을 흔들어》로 등단해 지금까지 여러 권의 시집과 그림책을 펴냈다. 도둑 도로봉의 활약을 판타지와 추리 기법으로 그려낸 이야기 《도둑 도로봉》은 저자가 쓴 첫 동화이다. 시적인 문장으로 마음의 세계를 투명하게 그려냈다는 평을 받으며 이 책으로 제48회 일본아동문학자협회 신인상과 제64회 소학관아동출판문화상을 수상했다. 국내에 소개된 작품으로는 그림책 《내가 여기 있어》가 있다.

그림 보탄 야스요시

그림책과 책의 장정 그림 작업을 하고 있다. 그림책 작업으로 《임금님의 이사》가 있다.

사이토 린 지음
보탄 야스요시 그림
고향옥 옮김

　"초콜릿 통이나 쿠키 통에 들어가라고 하면 곤란하겠죠." 도둑 도로봉은 자주 그렇게 말했다. "하지만 그게 집이라면 어디든 들어갈 수 있습니다."라고도.

　언제나 졸려 보이는 가느다란 실눈으로 주위를 둘러본 뒤 문이나 창문 앞에서 은밀하게 뭔가를 한다. 그러면 그 어떤 문도 눈 깜짝할 사이에 열린다.

　당신은 한 남자를 목격한다.

마당에 서 있는 한 남자. 자기 집인 양 행동이 자연스럽다. 하지만 그곳은 타인의 집. 어쩌면 당신의 집일지도 모른다.

비교적 크고 고풍스러운 분위기마저 감도는 단독 주택. 그는 지금 거의 소리도 내지 않고 자갈길을 걸어가 현관 앞에 서 있다.

어린아이라고 하기에는 너무 늙었고, 할아버지라고 하기에는 너무 젊다. 머리칼은 짧게 깎아 올렸고, 그 앞머리 밑에는 이마가 있고, 그 밑에는 늘 졸린 듯한 가느다란 실눈이 있다.

키는 껑충하게 크다고 하기에는 너무 작고, 땅꼬마라고 하기에는 너무 크다. 체격은 약간 다부진 듯 보이지만 입고 있는 셔츠에 따라서는 호리호리하게도 보인다.

도로봉의 생각에 따르면, 그러한 외모가 도둑에게는 무엇보다 중요하다. 늘 뭔가와 뭔가의 중간에 있을 것. 이도 저도 아니어서 누구도 기억하지 못할 것. 그런 까닭에 길에서 도로봉을 만나거나 스쳐 지나가도 아무도 도로봉을 떠올리지 못한다.

하지만 도로봉은 그런 걸 신경조차 쓸 필요가 없었다.

한 번도 붙잡힌 적이 없었으니.

잡히기는커녕 지금까지 천 번이나 도둑질을 해 왔건만 단 한 번도 경찰에 쫓긴 적이 없다.

도로봉은 천재적인 도둑이었다.

어떤 점에서 천재인가. 정말로 천재인가. 그것은 지금부터 목격하게 될 당신의 판단에 맡기겠다.

비가 내리기 시작했다.

비는 도둑에게 유리하기도 하고 불리하기도 하다. 유리한 점은 냄새를 없애 주고 사람의 왕래가 적다는 것. 불리한 점은 신발이 젖고, 질퍽질퍽 진창길 때문에 발자국이 남는 것.

그러나 그때 도로봉에게는, 그보다 더 나쁜 일이 벌어졌다.

거기에 내가 불쑥 나타난 것이다.

도로봉에게는 정말로 갑작스러웠을 게 분명하다. 몰래 들어가려던 아무도 없었을 집. 그 집과 옆집 사이에 있는 나직한 나무를 헤치고 한 사내가 불쑥 나타났으니까. 빗소리 때문에 여느 때처럼 사람이 다가가는 기척을

못 알아차렸는지도 모른다. 우거진 수국 사이에서 별안간 인간이 태어난 것처럼 보였을지도 모른다. 하지만 나는 도로봉이 놀라는 느낌을 전혀 받지 못했다. 단지 잠긴 문을 열려던 손을 멈추고 내 얼굴을 말끄러미 바라볼 뿐이었다. 흐음, 쉽게 설명할 수는 없지만 그때의 도로봉은 몹시 지쳐 보였다.

형사인 나는 다른 사건을 조사하던 중이었다. 갑자기 비가 쏟아지는 바람에 비를 긋기 위해 당장 눈에 들어온 집의 커다란 처마 밑으로 들어갔던 것이다.

도로봉은 처음부터 도망치려고도 하지 않았다. 애초에 나도 그 사내가 도둑이라고는 생각지 않았다. 아직 도둑질하러 들어가기 전이기도 했거니와.

속눈썹이 길었고, 가느다란 눈은 눈동자가 보이지 않았다. 하지만 도로봉은, 이젠 알 수 있지만, 그때 희미하게 웃고 있었다. 처마 밑에 있던 그는 내 쪽으로 두세 발짝 걸어왔다. 그리고 천천히 두 손을 내밀었다.

자, 수갑을 채우시죠, 라고 말하듯이.

조그마한 수국 꽃잎 하나하나에 감싸이듯 빗방울이 떨어졌고, 무수히 많은 그 자그마한 소리가 모여 차가운

공기를 뒤흔들어 놓았다. 수국에서 튕겨 나간 빗방울은 다시 자잘하게 부서져 보랏빛 연막이 되었고, 그것이 숨 막히도록 주위를 뿌옇게 물들여 놓았다. 그 순간이 도로봉과 나의 첫 만남이었다.

빗소리가 점점 거세졌다. 도로봉이 말했다. "요조라('밤하늘'이라는 뜻-옮긴이)를 봐주세요."라고. 나는 무슨 말인지 이해할 수 없었다. 아직 이른 오후였고, 어차피 이런 비 내리는 날에는 밤이 돼도 예쁜 밤하늘은 볼 수 없기 때문이다.

도로봉은 두 손을 내민 채, 아래를 향해 희미한 목소리로 다시 무슨 말인가를 했지만 알아들을 수가 없었다. 빗소리가 점점 커졌다. 현관 앞 디딤돌 위에서 물보라가 일어 도로봉의 회색 운동화가 뿌예졌다.

비 내음이 진해졌다. 비 내음은 물이 끝없이 이어져 있음을 떠올리게 한다. 빗방울 안에는 강 내음과 바다 내음, 산에서 솟아나는 물 내음이 켜켜이 배어 있다.

첫째 날

　처음에는 단지 특이한 사내라고 생각했다. 도무지 나쁜 사람으로는 보이지 않았다.

　도로봉은 경찰서에서 이렇게 말했다.

　"도둑 도로봉입니다."

　도둑질하는 현장에서 잡은 거 아니지만, 본인이 그렇게 말하는 이상 조사하지 않고 돌려보낼 순 없는 노릇이다.

　취조 내용을 기록하는, 아이처럼 생긴 젊은 여경과 나와 그 도로봉이라는 사내가 복도 맨 끝에 있는 방으로 향했다. 그곳은 다들 '공부방'이라고 부른다. 그 방은 동북향이라 조금 썰렁하다. 그리고 이유는 모르지만 그곳에서는 조금 특이한 사건을 조사하는 일이 많다. 자연히 시간이 오래 걸리고 밤샘을 하는 일이 잦다. 어느덧 파란 유리창으로 아침 햇살이 비쳐들고, 참새 우짖는 소리가 들리기 시작하면 모두 예전 입시 공부하던 시절을 떠올리기 때문에 그렇게들 부르고 있다.

좁고 썰렁한 그 방에 도로봉이 앉으니 왠지 휑뎅그렁해 보인다. 등줄기를 펴지도 구부리지도 않고 우두커니 의자에 앉아 있다. 보통 사람이라면 당연히 흠칫흠칫하기 마련이고, 도둑이라면 더더욱 그럴 터이다. 정말로 아무것도 생각하지 않는단 말인가, 배짱 두둑한 거로는 최고인 조폭 두목이 아니고서야 저렇듯 평온할 수는 없다.

"도둑인가?"

내가 묻는다.

"도둑입니다."

그렇게 대답한다.

"몇 건 정도 했지?"

내가 묻는다.

"정확히 기억나지는 않지만 천 건 정도 되는 것 같습니다."

도로봉이 말했다. 그렇다면 조사하지 않을 수 없다.

물으면 얼마든지 대답한다. 그의 대답은 이상한 것투성이지만 거짓말 같지는 않다. 마지못해 이야기하는 건 아니나 적극적으로 말하고 싶어 하지도 않는다. 요컨대, 주위 사람 누구도 자신의 말에 귀 기울이지 않고, 특별히 흥미도 보이지 않는다는 걸 잘 아는 사람이었던 것이다. 당시의 내가 도로봉의 그런 점을 알 리 없었다.

"그럼, 시작해 볼까."

그닥 형사 같아 보이지 않는다는 말을 많이 들어온 터라 일부러 위엄 있는 목소리로 말했다.

"잘 부탁합니다."

도로봉이 무심한 목소리로 말한다. 우체국에서 엽서라도 보내는 것 같은.

"네."

경찰 제복을 입었지만, 아이처럼 생긴 기록 담당관. 바가지 머리에 뺨이 발그레하다.

자그마한 책상에 마주 앉아 내가 띄엄띄엄 묻고, 도로봉이 띄엄띄엄 대답한다. 그걸 기록관이 쓱쓱 받아 적는다.

"출신은?"

내가 물었다.

"모릅니다."

"태어날 때의 기억이 없어서요."

"당연히 누구나 다 그렇지."

놀리는 건가 싶었지만 아니었다. 도로봉은 정말로 자신의 태생을 모르고 있었다.

이건, 조사 첫날 이야기.

다마요 씨는 결코 뚱뚱하지 않았지만, 얼굴이 이상하리만치 아주 동글동글했다. '이름은 몸을 나타낸다는 말, 엄만 아주 싫어해.'라고 곧잘 어린 도로봉에게 말하곤 했다.

다마요 씨는 도로봉의 어머니다. 아버지는 노름꾼. 그것도 상당히 소질이 있었던지 돈을 잃는 일은 거의 없었다. 매일 아침 9시에 집을 나가 저녁 6시에 돌아왔다. 집에 생활비도 매달 꼬박꼬박 내놨기 때문에 다마요 씨는 노름꾼이란 일종의 회사원이라고 여겼을 정도다.

그런 아버지의 특별한 소질이 도둑의 재능으로 자식에게 대물림된 건가. 아니다. 사실은 그렇지 않다.

도로봉의 아버지는 곧잘 이런 이야기를 한 모양이다.

"도박이란 자식 키우는 거나 매한가지야. 금방 이쪽 사정이 들통나 버리거든. 그럴싸한 구실도 안 통하지. 그렇다고 억지로 애정을 쏟아붓는 것도 좋지 않아. 그저 상대방 생각만 하면 돼. 그렇다고 너를 생각하고 있어, 라고 부담을 줘선 안 돼. 열심히 따고 잃으면서 노름이란 놈한테 그 등짝을 보여주면 되는 거야."

다마요 씨는 무슨 소리인지 통 이해가 되지 않았다. 하지만 진지한 얼굴로 귀를 기울이며 남편의 잔에 맥주를 따르거나, 저녁때 냄비에 재워 둔 우엉조림이 지금쯤 맛이 들었겠네, 라고 생각하거나 했다.

다만 남편이 그런 비유를 들어 말하는 게 역시 아이를 원해서 그런가, 하고 생각했다. 그런 내색을 한 번도 한 적은 없지만.

둘은 저녁을 먹고 으레 마을을 산책했다. 계절은 이미 겨울 초입이었지만 집에 돌아올 무렵이면 코트 옷깃에 엷게 땀이 배는 그런 밤.

아침저녁으로 학생들만 이용하는 도시 변두리의 자그마한 기차역 옆에 어울리지 않게 근사한 공원이 있었다.

그 마을은 지역의 어느 훌륭한 사람이 만들었는데, 공원 사랑이 얼마나 각별했던지 공원 관련 책을 세 권이나 썼고, 세계 각국의 공원을 조사하고 다녔다고 한다. 그리고 여행지에서 만나 의기투합한 '알렉산더'라는, 수염이 텁수룩한 박사를 특별히 모시고 돌아왔다.

"사람이 모이는 곳에 공원을 만드는 게 아니야. 그와 정반대지. 아무도 살지 않는 황무지 한복판에다 근사한 공원을 만들어 보게. 그 주위로 사람이 모이고, 멋진 마을이 생길 걸세."

'알렉산더' 씨는 그렇게 말했다고 한다.

하지만 한복판에 분수가 있는 그 공원이 완성됐을 때 사람들은 실망했던 모양이다. 딱히 특별할 것이 없었으므로.

그러나 시간이 흐르면서 사람들은 그 공원을 자랑스러워했다. 왜냐고 물으면 쉽게 설명하지는 못했다. 그저 기분이 좋았다.

사람들이 몰려들어도 혼잡하게 느껴지지 않는다. 사람들이 없어도 쓸쓸한 분위기를 자아내지 않는다. 홀로 있고 싶을 때는 누구와도 눈이 마주치지 않는다. 누군가와 이야기를 나누고 싶을 때는 금세 아는 이와 만나게 된다. 나무가 너무 많지도 너무 적지도 않아서 무더운 날에는 볕이 많이 들지 않고, 초겨울 찬 바람이 부는 날에는 마을의 다른 곳과 달리 그 공원만 포근한 분위기에 감싸인다.

밤에는 조명이 비치지 않아도 달빛과 별빛이 분수 주위로 쏟아져 내렸는데, 다마요 씨는 그 점이 무엇보다도 멋지다고 생각했다. 공원 마법이란 게 있다면 알렉산더 씨는 분명 그 마법을 부린 게 틀림없다고 다마요 씨는 굳게 믿었다.

"오늘은 다른 날보다 별들이 떠들썩하군. 이런 날엔 꼭 좋은 일이 생기지. 내기해도 좋아."

노름꾼 아버지가 말했다.

"아이쿠, 오늘도 곧 끝나가요. 좋은 일이 생긴다면 서둘러야겠네요."

다마요 씨는 그렇게 대꾸했다.

확실히 별이 한결 예쁜 밤이었다. 별빛이 오는 데는 시간이 걸리기 때문에 지금 빛나는 별도 몇 억 년 전의 것이란 걸 다마요 씨는 알고 있었다. 그렇다 해도 그 몇 억 년 전의 오늘, 이 별들에게 분명 무슨 좋은 일이 있었을 만한 빛이었다.

"저게 뭐지."

반짝거리는 분수에 입김이 뽀얗게 비쳤다. 산책 반환점까지 걸어 몸이 훈훈해져서 느끼지 못했지만 이날 밤은 점점 추워지고 있었다. 다마요 씨는 가리킨 손을 가만히 목도리 안에 집어넣었다.

아버지는 잠자코 있었다. 노름꾼 특유의 신중함이다. 백합 봉오리처럼 비틀린 손가락으로 턱 끝을 감싼 채 지그시 그 뭔가를 바라보았다. 족히 일 분은 지나서야 입을 열었다.

"가 보자고."

"위험하지 않을까 모르겠네."

다마요 씨가 말했다.

"지금껏 그 위험한 것과 위험하지 않은 것을 가려왔지."

아버지는 웃었다.

"폭탄이나 뭐 그런 위험한 게 아닐까 몰라."

다마요 씨가 말했다.

"내가 가 보겠다고 결론을 내린 건, 폭탄이든 위험한 물건이든 상관없으니 일단은 가 보겠다는 말이야. 더 중요한 건 말야, 가서 보겠다고 했으니 정말로 가서 보겠다는 말이고."

그 말의 의미를 정확히는 이해할 수 없었으나 무엇을 해야 할지는 알고 있었기에 다마요 씨는 걸음을 떼었다. 아버지를 믿었던 것이다.

분수 너머에서 별빛을 받아 빛나는 건 백화점 쇼핑백이었다. 하나 붙어 있는 테이프를 떼어내자 올리브색 담요에 싸인 플라스틱 바구니가 들어 있었다. 담요 사이로 갓난아기의 얼굴이 보였다.

다마요 씨는 떨리는 손으로 부스럭거리는 쇼핑백을 열어젖히고는 담요를 펼쳐 아기의 몸을 만져봤다.

"숨을 쉬고 있어요."

다마요 씨는 떨리는 목소리로 외쳤다.

"그래. 개야 고양이야?"

다가오면서 아버지가 물었다. 다마요 씨는 별안간 우스워서,

"만져 봐요."

하고 소리쳤다. 멀찍이 등 뒤에서 발소리가 딱 멈췄다. 노름꾼의 본능을 자극한 것이다.

아버지는 몹시 불안한 목소리로 말했다.

"모를 일이군. 도무지 직감이 작동하질 않아. 왜지. 이런 일은 처음이야."

어머니는 쇼핑백에서 조심스레 아기를 안아 올려 아버지에게 보여줬다. 아버지는 흠칫흠칫 다가와 들여다보고는 말했다.

"이거 참, 놀라운걸."

"당신, 노름판이었으면 돈을 잃었겠네요."

어머니는 여전히 약간 떨리는 목소리로 말했다. 개나 고양이가 아니기 때문에 그렇게 간단히 결정내릴 수 없지만, 이 아이는 우리 아이가 되기 위해서 찾아온 거다. 어머니는 자신의 내면에서 피어오르는 그 감정을 이미 지울 수가 없었다.

"잃었을 거라고? 그런 일 없어. 아까 내가 이런 얘기를 했잖아."

아버지는 하늘을 올려다보고 가슴을 폈다.

"별이 떠들썩한 이런 밤에는 틀림없이 좋은 일이 생기

지. 내기를 해도 좋아, 하고 말이야."

둘째 날

조사를 위해 경찰서에 가둬둘 수 있는
건 열흘까지다.

첫날은 도로봉의 성장 과정을 듣고 나
자 시간이 다 가 버렸다.

"저어."

어제 조사를 마친 뒤에 바가지 머리 기록
담당관이 말했다.

"뭐지?"

내가 묻자 "아니에요, 아무것도 아니에
요."하며 입을 다물어 버렸다.

좀 더 조사하는 것답게 묻는 게 어때요, 하고
말하고 싶었던 게 분명하다.

내 입으로 말하기는 민망하지만, 나는 젊은
형사 중에서는 꽤 우수한 실적을 올리고 있다.

도로봉이라는 이 사내는 단순한 좀도둑 같지는 않다. 아니다, 그렇게 보이기도 한다. 하지만 왠지 더 중요한 범죄에 연루된 듯도 하다. 그런데 사실은 우리를 가지고 놀고 있을 뿐이고, 실제로는 전혀 나쁜 짓을 하지 않은 느낌도 든다. 요컨대 잘 모르겠다는 말이다.

그런 이유로 다그치지 않고 자유롭게 지껄이도록 내버려두는 것이다. 거기에서 예상치 않았던 커다란 단서가 드러날 때도 있다. 어쩌면 암흑가의 마피아를 일망타진하게 될지도 모른다.

오늘은 장마 사이에 잠깐 쾌청한 하늘. 하지만 조사와는 관계없다. 나는 희망에 벅차 '공부방'에 들어갔다. 후후후, 오늘은 도로봉이 정체를 드러낼까.

"좋은 아침."

쇠창살이 덧대진 유리창으로 희미하게 초록빛 햇살이 들어오는 좁은 구석 자리에 앉아 벌써 공책을 펼쳐놓고 기다리는, 아이처럼 생긴 기록 담당관에게 인사를 건넸다.

"아 그렇지, 이름은?"

바가지 머리 여경이 얼굴을 붉히며 대답했다.

"아사미입니다."

다짜고짜 성을 빼고 이름만 말하다니……. 나는 가슴이 덜컥했다.

아직 그 정도로 친한 사이가 아니다.

갑자기 아사미 짱이라고 부를 수도 없는 노릇이다.

더구나 여기는 경찰서.

아니야, 혹시 이 여자애가 내게 마음이 있는지도 모르지. 그런 생각을 하고 있는데,

"성이 아사미예요. 오해를 많이 받아요."

"아, 그랬군. 아하하하."

"아사미(浅見), 얕게(浅く) 보다(見る)라고 써요." 기록 담당관은 설명했다. 부끄러운지 고개를 떨구자 얼굴이 바가지 머리 커튼에 가려져 버렸다.

"이 용의자를 어떻게 생각하지?"

나는 그렇게 물어본다.

"저는 그런 건 잘 모르겠고요, 깊이 생각하지 않으려고 합니다. 전 단지 기록 담당일 뿐이니까요."

겉모습은 영락없이 역사 교과서에 나오는 저잣거리 덜렁이 소녀인데 말하는 게 아주 똑 부러진다.

"하지만 취조하는 걸 많이 보고 들으면서 기록해 왔겠지? 아사미 씨만 아는 게 있을지도 모르지. 별거 아닌 의견이 숨겨진 큰 사건을 파헤치는 단서가 될 수도 있다고."

아사미 씨는 작은 기록용 책상에 붙박이 인형처럼 두 주먹을 꽉 쥐고 있었다. 마치 공책이 나비가 되어 어디론가 팔락팔락 날아가려는 걸 필사적으로 누르고 있는 것처럼.

"지금까지 여기에 끌려온 사람들과는 엄청 다른 느낌이에요."

"흐응. 어떤 식으로?"

나는 물었다.

"설명은 잘 못 하겠는데요, 이를테면 아주 근사한 백화점 건물을 도서관인 줄 알고 들어와 버렸는데, 아직도 그걸 알지 못하는 어린애 같달까."

"흐응."

알 것도 모를 것도 같다. 나는 대꾸할 말을 생각했다.

그때 도로봉이 나타났다.

데리고 온 남자 담당자는 인사를 하고 도로 복도로 나
갔다.

"유치장은 어땠나?"

의자에 앉은 도로봉에게 물었다.

"아주 안심이 됐습니다."

진지한 대답인지 농담인지 도무지 가늠할 수 없는 얼
굴로.

"마치 여러 번 들어와 본 것 같군."

책상을 사이에 두고 나는 말했다.

"아니요. 처음입니다. 조용해서 마음이 안정됩니다.
불필요한 게 없으니까요."

"하긴 철창 안에는 혼자뿐이고, 불필요한 말을 하는
사람이 없긴 하지."

"네. 하지만 말을 하는 건 사람만이 아니죠."

그 목소리는 말을 한다기보다 들이마시고 내쉬는 숨

에 살짝 색채만 입힌 느낌이다.

　도로봉이 네 살이 됐을 때.

　그러나 진짜 생년월일은 알지 못하기 때문에 정확히 네 살이었던 건 아니다.

　다른 아이보다 눈에 띄게 말수가 적었다. 그다지 웃거나 울지 않았다. 이따금 개와 고양이가 얼굴을 번쩍 들고 멀거니 먼 데를 바라볼 때가 있는데, 도로봉도 자주 그렇게 아버지와 다마요 씨에게는 아무것도 보이지 않는 허공을 흥미롭게 바라봤던 모양이다.

　그걸 제외하면 특별히 기묘한 버릇도 없고 병치레 한 번 하지 않고 자랐다.

　쇼핑백 유에프오(UFO)를 타고 온 것처럼 갑자기 생긴 아들이었지만 키우는 데에는 남들처럼 똑같이 돈이 들었다. 아버지는 "좋아, 노름을 더 열심히 해야겠군." 하고 말했지만, 그토록 순진한 다마요 씨도 노름이란 게 말대로 두 배로 일한다고 두 배로 돈을 벌 수 있는 게 아니란 것쯤은 알았다. 장차 이 아이가 조금이라도 어려움을 겪지 않고 살게 하자고 다짐한 다마요 씨는 돈을 모으기 위해 가사 도우미 일을 시작했다. 오랫동안 다니는 집도 있었고, 며칠 만에 관두는 집도 있었다.

그중에서 제일 호화로운 저택에서 일했을 때였다. 이틀에 한 번꼴로 청소와 세탁, 장 보는 일을 했다. 요리사는 따로 있었다. 어린 도로봉은 넓은 저택을 분주하게 뛰어다니는 엄마 뒤를 쫄래쫄래 따라다녔다. 아이를 데리고 올 수 있는 것도 그 일을 선택한 이유 가운데 하나였다.

먼지떨이로 털고, 빗자루로 쓸고, 물걸레질을 한다.

저택의 긴 복도 청소를 하는 과정이다.

도로봉은 그 '꽃병'이 엄마를 빤히 보고 있다는 것을 알아차렸다.

물론 꽃병에 눈은 없다. 하지만 그런 느낌이 들었다.

저택 주인은 외국에서 온갖 물건을 수입하는 회사의 사장이었다. 세계 각지의 다양한 장식품과 무슨 상패 등이 기다란 선반 위에 죽 진열되어 있었다. 그 꽃병은 눈에 잘 띄지 않는 제일 구석진 자리에 내밀려 있었다. 어둡고 두툼한 군청색 유리로 만들어진 눈물방울 모양. 오랫동안 꽃이 꽂힌 적이 없는 듯했다.

그것이 엄마를 뚫어지게 바라보고 있었다.

그래, 하고 도로봉은 생각했다. 그러자 그 꽃병은 마치 도로봉에게 들려주기라도 하듯이 이렇게 말했다.

나 이 사람이 마음에 들었어

도로봉은 오싹 소름이 돋았다. 새까만 뭔가가 그 꽃병에서 나오는 것처럼 보였다.

"엄마."

도로봉은 엄마를 불렀다.

"그 꽃병은 닦지 않아도 된대."

"어머, 누가 그런 말을 하던?"

이쪽을 보고, 이쪽, 하고 꽃병이 말했다.

이쪽여기이쪽봐아아들켰다들켜도좋아아아

"몰라. 근데 안 닦아도 돼."

도로봉은 그 목소리를 떨쳐버리듯이 다급하고 강하게

소리쳤다.

"이상한 말을 다 하네."

엄마는 빙그레 웃었다.

"이 세상에는 청소를 하지 않아도 되는 데는 한 군데
도 없어."

야호-, 꽃병이 소리쳤다.

죽여줘 제발 나를 죽여줘!

도로봉은 그 목소리가 무서워서 엉겁결에 귀를 막아
버렸다.

주주주주죽여줘 주주주죽여죽여죽여죽여

그만해, 왜 그런 소리를 하는 거야! 도로봉은 마음속
으로 외쳤다.

꽃병이야한번도꽃을꽂은적이없어꽃병인데이상하잖아
꽃병인데꽃병인데꽃

　귀를 막고 있어도 그 목소리는 엄청난 기세로 손가락을 비틀어 틈을 벌려놓듯이 머릿속으로 파고들었다. 도로봉은 가슴이 콱 막혀 복도에 웅크리고 앉았다.

　다음 순간, '앗' 하고 숨을 죽인 엄마 얼굴이 눈에 들어왔다. 꽃병은 선반에서 빙그르르 뛰어내려 복도 바닥으로 떨어졌다. 부드러운 카펫 바닥에 떨어진 꽃병은 소리 나지 않는 불꽃처럼 산산이 부서졌다.

"이를 어째!"

엄마가 소리쳤다.

"움직이면 안 돼! 위험해."

도로봉은 자신의 귀와 뺨이 얼음처럼 차가워지는 것을 느끼고, 귀를 막고 있던 손을 떼었다.

"이 일을 어쩐다니. 물어줘야겠네."

엄마의 그 말을 듣고 어린 도로봉은 금방이라도 울음을 터뜨릴 듯이 애원했다.

"안 그래도 돼, 엄마는 잘못한 거 없어."

도로봉은 알고 있었다. 이 꽃병은 자살한 것이다.

"이게 여기에 있었다는 건 아무도 기억하지 않아! 깨끗이 치워 버리면 아무도 몰라. 원래 그런 꽃병이었어."

"어머나!"

다마요 씨는 놀란 표정이더니 이윽고 매우 슬픈 얼굴을 했다. 희미하게 떨고 있는 아들에게 다가가 살포시 끌어안고 이젠 아무것도 들리지 않는 도로봉의 귓가에 이렇게 속삭였다.

"그건 안 될 일이란다. 그런 생각하면 못 써. 절대로 안 돼."

엄마가 해고됐을 때, 가사 도우미 소개업체는 보험으로 꽃병 값을 변상해야 했다. 그러나 실제로는 엄마의 급료에서 거의 제해 버렸다. 도로봉이 함께 있었던 것도 문책을 당했다. 제 자식을 멋대로 고객의 집에 데리고 가는 건 당치않다는 거였다.

그건 이상했다. 아이를 데리고 다녀도 좋다고 해서 선택한 일인데.

엄마가 잘못했을 리가 없어, 라고 도로봉은 생각했다. 세상은 아마도, 나쁜 일을 하게 되면 그 사람이 해 온 좋은 일도 깡그리 나쁜 일이 되도록 만들어져 있는 게 분명하다. 오델로 게임에서 꼭짓점을 흑(黑)이 빼앗으면 모조리 까맣게 뒤집혀 가듯이.

도로봉은 알고 있었다. 그 꽃병에 대해 아무도 신경 쓰지 않고, 아무도 소중히 여기지 않았다. 소중히 여기기는커녕 복도 선반에 진열해 놓은 뒤로는 가족 누구도 떠올린 적이 없었다. 꽃병은 그래서 자살한 것이다. 그럼에도, 막상 변상 이야기가 나오자 저택 사람들은 입을 모아 이건 값비싼 것이다. 소중한 것이다, 라고 주장했다.

"어쩔 수 없지, 엄마가 잘못했으니까."

다마요 씨는 이렇게 말했지만, 도로봉은 도무지 그렇게 생각되지 않았다. 처음으로 엄마 말이 틀렸다고 생각했다. 그것 하나만은.

그리고 도로봉을 다시 후회하게 하는 일이 벌어졌다. 다마요 씨는 그 사건이 있고 난 뒤로 열이 심하게 올라 몸져눕게 되었다. 펄펄 끓는 열은 좀처럼 떨어지지 않았다. 두 주가 지나서야 자리를 털고 일어났으나 다마요 씨의 입에서는 말이 나오지 않았다. 도로봉은 자기 탓이라고 생각했다. 그렇게 생각해 버렸다.

그때 내가 그 꽃병이 호소하는 목소리를 듣고도 귀를 막고 아무것도 하지 않아서 엄마의 목소리도 어디론가 가 버린 것이다.

'내 탓이야.'

그 가여운 꽃병을 구할 수 있는 건 나뿐이었는데.

도로봉이 처음으로 혼자서 남의 집에 몰래 들어간 것은 그로부터 일 년도 되지 않았을 때로 아직 초등학교에 들어가기 전이었다.

상가와 이어져 있는 집, 키 작은 나무에 둘러싸인 단층집이었다. 아직 저녁 전이어서 날은 환했다. 모래밭과 그네가 있는 놀이터에서 혼자 놀다가 집에 돌아가는데 희미한 숨소리가 들렸다.

푸우우– 후우우–

현관 미닫이문 틈으로 자동차 바퀴에서 천천히 바람 빠지는 듯한 한숨 소리가 새어 나왔다. 그것만으로도 도로봉은 이 집의 문이 잠겨 있지 않다는 것, 지금은 아무도 없다는 것을 직감했다.

"그게 무슨 소리지?"

"그건 말이죠, 형사님. 집에 누가 있다면 물건은 한숨을 쉬지 않고, 문이 잠겨 있다면 목소리는 들려도 그런 식으로 한숨 소리가 새어 나오지는 않습니다."

도로봉은 태연히 설명했다.

꽃병이 그랬던 것처럼, 그 소리가 물건이 내는 목소리란 걸 알았던 것이다.

어린 도로봉은 아무런 망설임도 없이 현관 앞에 섰

다. 덜컹덜컹 소리가 날 것 같은 낡은 미닫이문이었지만 커다란 동물의 등이라도 쓰다듬듯 살살 밀자 문은 소리 없이 열렸다. 가지런히 신발을 벗어놓고 신발장 위에 있는 슬리퍼를 신는다. 슬리퍼를 신으면 소리가 나지만 젖은 양말 자국이 복도에 남는 것보다는 낫다. 거실과 부엌으로 갈라지자 복도가 조금 넓어졌고, 거기에 오래 써서 손때 묻은 소파와 니스 칠이 벗겨진 탁자가 있었다. 도로봉은 눈을 감은 채로 잠시 거기에 서서 귀를 기울였다.

'숲에 있는 것 같아.'

도로봉은 생각했다. 집은 숲과 닮은 게 분명하다.

가령, 처음 가더라도 숲은 숲이란 걸 알 수 있다. 나무가 있고, 새가 있고, 벌레가 있고, 작은 동물이 있다. 그리고 버섯과 뱀도. 숲은 그렇게 숲만이 지닌 통일성 같은 것에 둘러싸여 있다. 때로는 사슴이나 산거머리 같은 희귀한 것도 있을 테지만 어쨌거나 하나의 통일성이 있다.

집도 그렇다. 도로봉은 집 안의 가구와 가재도구와 그 밖의 자잘한 물건의 숨결과 속삭임, 서로 스치는 소리, 따뜻함과 차가움, 무게와 기울어짐을 느꼈다. 처음 들어간 집인데도 그 집만의 통일성이 있다는 걸 알 수 있었다.

도로봉 도로봉
도로로로로
뱀 몸통엔 꼬리 없고
뱀 꼬리엔 몸통 없지
도로봉 도로봉
도로로로로

이상한 노래 같은, 주문 같은 말이 입을 타고 흘러나
왔다.

자신도 깜짝 놀랐다. 방금 그거, 뭐였지?

그 말을 소리 내어 읊조리자 부슬부슬 머릿속의 때가
벗겨져 나가듯 서서히 정신이 집중되었다.

다시 한 번 입안에서 되풀이해 본다.

숲속에서 나무들이 수런거리는 소리를 들으며 바람을
느끼듯, 눈을 감은 채로 귀 기울이고 있는 도로봉에게
공기가 새어 나가는 듯했던 아까 그 목소리가 한층 선명
하게 들려왔다. 부엌 쪽이다. 천으로 된 기다란 발을 가

르고 들어가자 그릇장 위쪽에서 들리던 한숨이 이번에는 또렷이 말로 다가온다.

프다아아아아 프다아아아아 프다아아아아 다아

도로봉은 도넛 모양의 기우뚱거리는 둥그런 의자를 옮겨놓고 그 위에 선다. 하지만 목소리를 내는 건 보이지 않는다. 놀이터의 가장 높은 철봉에 뛰어오를 때처럼 두 손을 뻗어 그릇장 위와 천장 사이에 있는 몇 개의 골판지 상자 속에서 소리 나지 않게 조용히 상자 하나를 빼냈다. 안개 너머의 자동차 불빛처럼 그 상자만이 어슴푸레 빛을 내는 것 같았기 때문이다.

빼낸 상자를 두 손에 든 순간 몸이 기우뚱하는 바람에 의자에서 떨어질 뻔했지만, 간신히 바닥으로 내려서서 개수대 옆 탁자에 그걸 내려놓았다. 상자를 열자 투명한 통이 보였다.

주서 믹서라는 기계였다.

그게 뭐에 쓰는 것인지 어린아이였던 도로봉은 몰랐지만 빛바랜 상자와 달리 물건은 새것처럼 비닐에 싸여 있었기에 사용하지 않고 내내 여기에 들어 있었구나, 하고 생각했다.

슬프으다아아아

목소리는 희미해지더니 완전히 사라졌다.

"똑똑하구나. 조용히 있네."

도로봉은 자신도 어린아이 주제에 마치 아이를 격려하듯 말하고는 그걸 다시 비닐에 싸서 상자에 넣었다. 둥근 의자를 옮길 때와 반대 동작으로 원래 있던 자리에 되돌려놓고 뒤로 걷기 시작해 천으로 된 발을 뒤통수부터 빠져나와 부엌을 나왔다. 들어왔을 때와 똑같은 걸음 수의 뒷걸음질로 신발 벗는 곳까지 되돌아와 1밀리도 어긋나지 않게 슬리퍼를 제자리에 되돌려놓고, 손을 뒤로 돌려 미닫이문을 열고 반바지 차림인 엉덩이부터 현관을 나왔다. 마치 비디오테이프를 거꾸로 돌리듯이 몸이 저절로 그렇게 움직였다.

길에 아무도 없는 걸 확인한 도로봉은 저녁놀이 그을

린 듯 어둑해지는 밤거리를 옆구리에 상자를 끼고 걷기 시작했다. 아직 선명하지 않은 가로등 불빛 아래를 지날 때마다 해묵은 상자의 인쇄가 흐릿하게 빛났다.

큰길로 나가기 직전에 슈퍼 비닐봉지를 세 개 든 아주머니와 마주쳤다. 이유는 모르지만, 틀림없이 그 집에 사는 아주머니라고 생각했다. 그 집과 똑같은 숲 냄새가 났기 때문이다.

"아사미 씨는 어떻게 생각하지?"

담당자가 도로봉을 데리고 나간 뒤, 나는 기록 담당관 아사미 씨에게 물어봤다.

"뭘요?"

연필을 필통에 집어넣던 아사미 씨가 얼굴을 들었다.

"지금까지 들은 얘기, 진짜라고 생각하나?"

"저야 뭐 진짜인지 어쩐지 모르죠. 전 거기서 이야기하는 걸 정확하게 기록할 뿐입니다. 제가 사실인지 거짓인지 안다면 벌써 기록 담당관을 그만두고 판사가 됐겠죠."

그렇게 말하고는 처음으로 웃는 얼굴을 했다. 아이 같은 얼굴이 더 어려져서 아기처럼 보인다.

"아사미 씨한테는 어떤 이야기든 내용에 상관없이 오로지 기록만을 위한 거란 말이지?"

내가 말했다.

"네, 당연하죠."

아사미 씨가 대답했다.

"실수 없이 기록하는 게 제 일이니까요. 흥미를 느껴서는 안 되죠. 그런데 말이에요, 웬일인지 모르겠어요, 그 사람 이야기는 계속 계속 듣고 싶거든요. 저 반성해야 해요."

셋째 날

"선배님."

공부방으로 가는 복도에서, 별안간 억수로 퍼붓는 빗소리 같은 우렁찬 목소리가 등 뒤에서 나를 불러 세웠다.

"재미있는 놈을 조사하나

보던데요."

"아, 오하스 이 사람! 갑자기 그렇게 부르면 심장에 안 좋아."

돌아보자 아직 새내기 형사인 오하스가 서 있다. 얼굴을 볼라치면 목이 꺾여 버릴 정도로 키가 크다.

"선배님 같은 유능한 형사가 이틀 걸려서도 아무런 단서를 끌어내지 못했다고 들었습니다만."

"어디서 들었나, 그런 얘긴."

방심해선 안 된다. 하지만 전혀 알아내지 못한 건 아니다. 도로봉이 많은 이야기를 해 주고 있으니까.

"그렇군요. 흐음, 아예 입을 열지 않는 놈은 아니었군요."

오하스는 한 손으로 턱을 짚고 그 팔꿈치를 다른 한 손으로 받친다. 그 모습이 뒤틀린 나뭇가지처럼 보인다. 큰 키에 더구나 연한 갈색 양복을 입고 있어서 사람이라기보다 영락없는 너도밤나무다.

"선배님, 그런데요, 협조적으로 술술 이야기하는 쪽이 뭔가 엄청난 비밀을 숨기고 있는 법입니다. 곤란한 일이 생기면 저를 부르십시오. 제가 한 방에 끝내겠습니다."

"뭐 암튼, 아직은 아무것도 몰라."

나는 어깨너머로 손을 흔들며 그 자리를 떴다.

오늘은 아침부터 비. 장마라면 장마다운 날씨이다. 약간 쌀쌀한 게 다시 봄으로 돌아간 것 같다. 하지만 어쨌거나 조사와는 관계없는 일이다.

공부방에는 도로봉과 아사미 씨가 먼저 와서 기다리고 있었다.

"그럼, 오늘도 이야기를 들어보지."

나는 덜컹거리는 파이프 의자를 빼서 앉았다.

"또 어떤 물건을 훔쳐 왔나?"

주서 믹서기 사건으로부터 몇 년간은 훔치는 것이 재미있었다. 아니, 도로봉은 그것을 도둑질이라고 생각한 적이 없어서 마냥 가슴이 설렜다. 가령 발이 빠르다던가, 계산을 잘한다던가, 그림을 잘 그린다던가 같이 다른 사람에게는 없는 자신만의 재능을 알게 되면 아이들은 누구나 그것에 열중하게 된다. 그런 느낌이었던 모양이다.

도로봉이 훔친 것은,

건강보조기구로 보이는 금속 막대기, 무엇을 조작하는지 알 수 없는 리모컨, 사용하지 않은 채 보관해 둔 국수 뽑는 기계, 선인장 화분, 새 아기 신발, 선수용 탁구 라켓, 초코 쿠키 통, 목각 붉은부리갈매기, 한 번도 걸어둔 적 없는 커튼, 빈 안경집, 사진이 한 장밖에 끼워져 있지 않은 앨범, 소중히 비닐에 싸여 있는 나사 하나 등등.

왜 그런 것뿐이냐고 물어도 설명할 길이 없다. 목소리가 들렸으니까. 주인조차 그것이 있었던 걸 잊어버린 물

건뿐. 도로봉에겐 언제나 그런 것들의 목소리가 들렸다. 물건의 주인은 당연히 없어진 지도 모르기 때문에 경찰에 신고가 들어온 적은 한 번도 없었다.

그러한 가여운 물건들을 어떻게 했는가 하면, 다마요 씨와 아버지가 보지 못하도록 골판지 상자에 넣어 자신의 방 벽장 속에 숨겨뒀다. 상자 속에 나란히 넣어 두면 물건들은 안심한 듯 더는 목소리를 내지 않았다.

상자는 물건들로 채워져 갔다. 도로봉은 난감했다. 물건이 도로봉을 부른다. 도로봉은 훔쳐낸다. 하지만 일단 훔쳐내면 물건은 말을 하지 않는다. 버릴 수는 없다. 물건은 버려지기 위해 그렇게 열심히 애타게 소리를 냈던 게 아니므로.

이건 초등학교 4학년 때 이야기.

방과 후에 쓰레기통을 버리러 갔을 때, 도로봉은 같은 반 기지마에게 물었다.

"물건이 많아지면, 넌 어떻게 해?"

기지마는 소각로의 문짝을 잡아당겨 열면서 말했다.

"장난감 같은 건, 동생들에게 주기도 해."

"그렇구나. 근데, 장난감이 아니거든."

도로봉은 기지마가 살짝 까치발을 들고 쓰레기통 꽁무니를 들어올려 뒤집는 것을 거들었다.

"그럼, 쓰레기야?"

"쓰레기도 아냐."

도로봉은 어떤 일에 대해 제대로 설명하지 못한다. 그런 자신에게 짜증 내지 않고 느긋하게 이야기를 들어주는 기지마가 좋았다. 머리 좋은 우등생이 도로봉의 느린 속도에 맞춰주는 것이다.

"게임기 같은 거라면, 재활용 가게라는 게 있어."

기지마는 도로봉이 들고 온 쓰레기통을 받아들고 말했다.

"그런 데가 있어?"

도로봉은 재활용 가게란 것을 알게 됐다.

"싫증 나서 안 쓰는 물건을 팔 수 있어. 부모님 허락을 받아야 하는 게 귀찮지만."

쇠뚜껑을 닫고, 걸쇠를 내리고, 둘은 빈 쓰레기통을 덜렁덜렁 흔들면서 학교 건물 뒤 좁은 잡목림 옆을 걷기 시작했다.

부모님에게 말할 수는 없다.

입을 꼭 다문 도로봉에게 기지마가 말했다.

"수영이다."

"진짜다."

발밑에 있는 줄기가 깔쭉깔쭉한 엷은 적자색 풀. "이건 먹을 수 있어."라고 가르쳐 준 것도 기지마였다.

"참, 벼룩시장도 있다. 한 번 보러 간 적이 있어. 온갖 사람이 모여서, 온갖 필요 없는 걸 팔아."

도로봉은 얼굴을 들었다. 거기라면 가능성이 있을지도 모른다.

"그거, 좋겠다."

황급히 기지마를 돌아본 순간, 들고 가던 쓰레기통이 운동장에 세워진 정비 도구에 부딪혀 '카앙' 하고 울리자 지나가던 1학년 여자아이들이 '으앗' 하고 넘어졌다.

"그런 안내문은 슈퍼 게시판 같은데 붙어 있어."

기지마가 가르쳐줬다. 기지마는 모르는 게 없다. 기지마는 대단하다. 그리고 도로봉은 그런 기지마가 자신의 친구라는 사실이 기뻤다.

기지마에게 들은 대로 안내문을 찾아 나섰다. 하지만

집 근처가 아닌 이웃 마을 슈퍼까지 갔다. 코르크 보드 판에 '벼룩시장 참가자 모집'이라고 쓴 노란 전단이 핀으로 꽂혀 있었다. '참가 무료'라고 쓰인 것도 도로봉은 놓치지 않았다.

벼룩시장은 다음 일요일에 열렸다. 도로봉은 아침 일찍, 몰래 골판지 상자를 들고 나갔다.

슈퍼 앞 광장에는 이미 많은 사람이 줄지어 있었다.

"혼자 왔냐?"

접수하는 아저씨가 물었다.

"네."

안고 있던 골판지 상자 뒤에서 도로봉이 얼굴을 내밀었다.

"어쩐지. 어린애 혼자라······."

초록색 슈퍼 유니폼 차림의 아저씨는 팔짱을 꼈다.

"어린이 혼자면 안 돼요?"

"그런 규칙은 없다만, 돈이 오가는 일이라서 말야. 아버지나 어머니는 안 계시냐? 형이나 누나라도 괜찮은데."

실망해서 상자를 얼굴 앞까지 들어올리고, 앞이 잘 보이지 않는 채로 휘청휘청 뒤돌아서는 도로봉을,

"얘, 잠깐."

하고 누군가 불렀다.

도로봉은 소리 나는 쪽으로 고개를 틀었다. 귀가 상자에 딱 붙었다. 안에 든 물건들이 마치 서로 이야기라도 하는지 바사삭바사삭 소리가 들렸다.

"나랑 같이 열면 돼."

빨간 점퍼를 입은 여자가 방그레 웃었다. 그것이 노리스 씨였다.

노리스 씨는 깔개를 챙겨오지 않은 도로봉에게 자신의 자리 절반을 비워줬다.

자리에 앉아 도로봉은 무릎 앞에 진열해 놓은 물건들을 새삼스럽게 내려다봤다. 상자에서 나온 물건들은 따끈따끈한 햇살을 받아 멋지게 치장한 것처럼 보였다.

"이렇게 말해서 미안한데, 대부분 잡동사니네."

옆에 앉은 노리스 씨가 그렇게 말했다. 도로봉이 물건들을 빤히 내려다본 채 얼굴을 들지 않자 허둥대며 다시 말한다.

"아니구나, 자세히 보니까 썩 나쁘지 않은데. 미안미안. 한 사람만 마음에 들어 해도 그건 잡동사니가 아니지. 벼룩시장이란 그런 데야."

노리스 씨 앞에는 게임기에서 뽑은 인형이며 여러 종류의 통조림이 들어 있는 세트, 낡은 스커트, 헌책 등이 가지런히 진열돼 있었다.

"근데, 팔리지 않더라도 낙담하면 안 돼. 이런 데서 잘 팔리는 물건은 따로 있거든. 아, 어서 오세요."

새하얀 수염을 기른 할아버지가 멈춰 섰다. 도로봉 쪽 앞에. 진지한 얼굴로 살펴보고 있다.

"이건."

할아버지는 갈라진 목소리로 말하며 나사를 가리켰다.

도로봉은 가슴이 두근두근했지만 눈 딱 감고 말했다.

"나사예요."

나사, 라고 말하며 할아버지는 팔짱을 꼈다.

할아버지는 그대로 죽은 듯이 가만히 있었지만 콧수

염이 이따금 앞으로 흔들렸기 때문에 숨을 쉰다는 걸 알 수 있었다.

"얼마지?"

수염이 움직였다.

아하, 도로봉은 그제야 알았다. 내가 물건에 값을 매겨야 하는 거구나. 꿈에도 생각해 보지 않았다. 도로봉은 어쩔 줄 모르며 나사만 바라보고 있었다.

아무튼 나사를 보았다.

말끄러미 나사를 보았다.

'나사인데……'

그 생각밖에 떠오르지 않았다. 하지만 인내심 있게 자세히 보았다.

하도 오래 바라봐서 나사가 빙글빙글 돌아가는 것처럼 보이기 시작하는 때, 도로봉은 눈 딱 감고 나사 가격을 말했다.

"이 바보야."

저도 모르게 노리스 씨가 작은 소리로 핀잔을 주었다.

할아버지는 동그란 안경 속의 눈을 더욱더 동그랗게 떴다. 그리고 천천히 지갑을 꺼냈다.

"애, 저거, 골동품이라도 되니?"

할아버지가 사라지고 나서 노리스 씨는 도로봉에게 슬쩍 물었다.

"몰라요. 나사라는 것밖에는."

그냥 계속 보고 있자 나사가 그 가격을 말한 것 같다고는 이야기하지 않았다.

"흐응."

노리스 씨가 말했다.

"이거, 어디에 쓰는 거지?"

손님이 그렇게 물어도 제대로 대답하지 못할 때가 있다. 도로봉도 모르기 때문이다. 그런 때는 순순히 "모릅니다."라고 대답했다.

그런데도 무슨 까닭인지 곰곰 생각하고는 사 가는 손님이 있었다.

문득 눈앞에 그림자가 드리워져 고개를 들어 보니 키 큰 남자가 서 있었다. 무릎에 손을 얹고 한동안 물건들을 둘러보고는 굽은 쇳조각을 손에 들었다.

"이건."

도로봉의 눈을 보고 남자는 말했다. 다정한 목소리였다.

빨간 칠이 된, 똑바르지도 동그랗지도 않은 뒤틀린 금속. 테두리는 검게 그을려 있다.

도로봉은 난처해서 죽을 지경이었다. 도로봉이 진열해 놓은 많은 물건 중에서도 가장 정체를 알 수 없는 것이었다. 하지만 그것을 만난 날, 시내에 있는 어느 작은 공장 안 어둠 속에서 가냘프게 도로봉을 불렀던 목소리는 그때까지 훔친 그 어떤 물건의 목소리보다 아름다웠던 걸 기억한다. 작은 새 같은 목소리, 인어 같은 목소리. 물건은 보기와는 다르구나, 도로봉은 그 목소리에 매료되어 그렇게 생각했었다.

"금속 컵에서 떨어진 손잡이일지도 몰라요. 아니면 정원용 도구나 스포츠카의 부품일지도 모르고요."

간단히 모른다고 하는 게 괴로워서 애써 말을 해 봤지만 설명하려고 들면 들수록 슬픔이 밀려왔다. 손님에게 권할 이유는 전혀 없었다.

"뭐 사려고, 아빠?"

뒤따라온 딸이 들여다보며 물었다. 도로봉과 비슷한

나이.

"그게 뭐야. 더럽잖아."

"당신도 참. 어디에 쓰게, 그런 걸."

그 뒤에서 들여다본 엄마가 말한다.

도로봉은 무릎 위에 얹은 손을 꼭 쥔 채로 고개를 떨구었다. 이 사람들도 이 녀석의 목소리를 들을 수 있다면 그저 잡동사니가 아니란 걸 알 텐데.

"얼마인가요?"

남자가 도로봉에게 물었다. 도로봉은 놀라서 얼굴을 들었다.

"여보."

"아빠."

남자는 손바닥에 그 조각을 다정하게 감싸듯 올려놓았다. 그리고 어이없어하는 아내와 딸에게 말했다.

"잘 봐. 뭔지 모르지만, 맛이 나잖아. 물건이란 건 말이야, 아무런 도움이 안 되는 것 같아도 그 자리에 있는 것만으로 도움 되는 일도 있어."

남자가 말했다.

도로봉은 그때 엄마 새를 발견한 작은 새가 뾰뾰뾰,

삐이삐 하고 우는 소리를 들은 것만 같았다.

결국 도로봉의 물건은 오전 중에 죄다 팔렸다. 정확히 말하면 쿠키 통만 팔리지 않았으나 그건 물건 판 돈을 넣기에 제격이었다. '일부러 팔려주지 않은 건가.'라고 생각될 정도로.

마지막 하나 남은 주서 믹서기를 요리하기 좋아하는 젊은 대학생이 샀을 때, 노리스 씨는 그만 휘파람을 불고 말았다.

"너 정체가 뭐니? 천재 장사꾼이라도 되는 거야, 응?"

도로봉은 난처해서 고개를 수그렸다. 아무리 그래도 "도둑입니다."라고 말할 수는 없었다.

"보통 초등학생이에요."

도로봉이 대답하자 노리스 씨는 깔깔거리며 웃었다.

"그냥 한번 해 본 말이야."

그러곤 벌떡 일어나 청바지 엉덩이를 털었다. 올려다보니 초여름이 코앞에 다가온 높다란 하늘. 햇볕을 등지고 있는 노리스 씨는 검게 그늘졌다. 뒤로 하나로 묶은 머리칼이 나뭇가지처럼 흔들렸다.

"점심 사 올 테니까 함께 먹자. 좀만 기다려."

노리스 씨가 사 준 샌드위치를 먹으면서 둘은 이런저런 이야기를 나누었다.

남편이 대학 선생님이어서 추석과 연말 선물, 무슨 무슨 답례 등으로 온갖 것이 들어온다는 것. 단둘이 살기 때문에 다 먹지 못하는 것이며, 다 쓰지 못하는 것을 벼룩시장에 내다 파는 게 즐거워서 재미를 붙였다는 것. 이번에는 남편의 헌책이며 친구들과 함께 손수 만든 가방과 소품, 인형 등을 가지고 나왔다고 했다.

"남편은 몸이 약해서 함께 나오지는 못 해."

노리쓰 씨가 말했다.

"어땠니. 처음 해 본 소감은?"

"힘들었어요. 특히 가격을 매기는 게."

"그렇지. 엉터리로 매기는 것 같아 보이던데 다 팔린 걸 보면, 넌 분명 내가 모르는 걸 알고 있는 거야. 마치 물건의 목소리라도 듣는 게 아닐까 싶을 정도였거든."

노리스 씨가 그렇게 말했기 때문에 도로봉은 깜짝 놀

랐다.

실은 전부 거저 줄 수도 있었지만, 그렇게 되면 필요하지도 않은 사람이 가져가서 애써 훔쳐 나온 물건들이 다시 불행해진다. 어린 도로봉은 그렇게 생각했다. 그래서 필요하지 않은 사람에겐 비싸게 느껴지고, 필요한 사람에게는 이익이라고 느껴질 법한 가격을 매기는 게 중요하다고 생각했다.

"값만 잘 매기면 다른 건 힘들 거 없어. 그거야말로 천재적인 장사꾼이나 가능한 거야."

노리스 씨는 웃음을 터뜨렸다.

"나는 오후에도 더 있다 갈 거야. 언제든 또 와. 함께 가게 열자."

넷째 날

그날 취조는 오후에 있었다. 공부방에 들어가니 기록 담당관 아사미 씨가 벌써 와 앉아 있다.

"뭐 하는 거지?"

내가 묻자 화들짝 놀라며 휴대전화처럼 뺨에 대고 있던 필통을 내려놓았다.

"죄송해요."

"괜찮은 거야?"

"그게 아니라, 저어, 이 필통, 초등학교 때부터 써 왔거든요."

"그래서?"

"아주 좋아하는 거라서, 그래서."

"그래서?"

"혹시 소리가 들리지 않을까 하고."

"이거 보라고."

나는 의자를 잡아 빼면서 말했다.

"도로봉 얘기를 곧이곧대로 믿는 거야? 그런 얘기는, 아무리 진짜 같아도 어디까지 믿어야 할지 알 수 없는 거라고."

"그럼, 안 믿으시는 거예요?"

아사미 씨가 물었다.

"형사란 모든 걸 의심하는 존재지. 다만, 뭐든 단서가 될 만한 게 없을까 싶어서 잠자코 듣고 있는 거라고. 혹여 내가 쫓고 있는 거대한 범죄 조직에 연루됐을지도 모를 일이니까 말이야."

내가 생각해도 그럴싸한 대사다. 흐뭇해하며 의자에 앉아 흘끗 돌아보니 아사미 씨는 몹시 낙담한 얼굴이었다.

"목소리가 들렸으면 좋겠다고 생각할 정도로 소중히 여기는 물건이 없는 거로군요. 좀 안 됐네요."

책상에 몸을 기대자 드르르륵 소리를 내며 뒤로 밀려났다. 나는 황급히 손으로 책상을 붙들었다.

글쎄, 그런 물건이 있던가.

뭐, 물건은 물건일 뿐이지.

"저는 있습니다."

목소리와 함께 벌컥 문이 열리고 의자를 든 오하스가 서 있다.

"고기를 굽거나 부침개를 부친 후에 철판에 눌어붙은 걸 득득 긁어낼 때, 철판이 아얏, 하고 소리를 내는 것 같은 기분이 들 때가 있죠."

"헉."

아사미 씨가 어이없어했다.

"뭣 하러 왔나, 자네."

내가 말했다.

"재미있을 거 같아서요. 정말 궁금해 죽을 지경입니다. 저도 그놈 이야기 좀 듣게 해 주십시오."

방해는 하지 않겠습니다, 하고는 멋대로 방구석에 의자를 놓고 털썩 앉았다.

"업무야."

나는 말했다.

"알고 있습니다. 어쩌면 거대한 범죄 조직을 뒤쫓을 단서가 있을지도 모르죠."

오하스는 그렇게 말하고 통나무를 휘두르듯이 발을 포갰다.

어디서 들은 거지. 도대체 방심할 수가 없다.

그때 들어온 도로봉. 꾸벅 고개를 숙이고 내 맞은편에 앉는다.

아사미 씨와 오하스는 뜨거운 시선을 쏟아붓고 있다.

나는 어험 헛기침을 한 뒤에 말했다.

"오늘은 아마, 초등학교 때 이야기부터지?"

그거, 범죄 조직과는 상당히 거리가 먼데요, 하는 눈

으로 둘은 나를 보았다.

벼룩시장에 처음 나갔던 다음 날. 월요일의 일이었다.

교실에서 기지마를 만난 도로봉은 어제 일을 이야기할까, 말까 망설였다.

"왜?"

기지마는 책가방에 든 것들을 책상 안으로 옮겨 넣으면서 뒷자리에 앉은 도로봉을 돌아보았다.

"아냐, 아무것도."

기지마는 앞으로 몸을 돌렸다. 벼룩시장 이야기를 하면 뭘 팔았느냐고 묻겠지, 그걸 말하면 또 어디서 났는지 물을 거고.

그렇게 되면 자신이 도둑이란 걸 말하지 않을 수 없다.

도로봉은 이때 비로소 자신이 하는 일이 도둑이란 걸 명확하게 인지했는지도 모른다. 소중한 친구에게도 말할 수 없는 일을, 이야기하면 미움받을 수도 있는 일을 자신이 하고 있다는 걸 깨달았으니까.

기지마가 빙글 돌아보며 말했다.

"미안. 연필 좀 빌려줄래? 필통을 안 가져왔나 봐."

별일이네, 하고 생각하면서 도로봉은 지우개 조각도 함께 건넸다.

"미안, 미안해."

기지마가 웃었다.

다음 날, 급식 당번인데도 앞치마를 가져오지 않아 선생님에게 꾸지람을 듣는 기지마를 보게 됐다. 이때도 역시 별일이네, 하고 도로봉은 생각했을 뿐이다.

이상한 걸 알게 된 건 방과 후.

학교를 둘러싼 담과 잡목림 사이를 지나는 바람에게 나뭇잎들이 인사하듯 속삭이고 있구나, 생각하며 1층 교실에서 창밖을 내다보았다. 바람은 없다. 운동장 너머에 있는 나무들도 흔들리지 않는다.

소리가 아닌 목소리였다. 소롱소롱, 스랑스랑 하고 말하고 있다.

소롱소롱 스랑스랑 아랑아랑 안녕안녕
소롱소롱 스랑스랑 아랑아랑 안녕안녕

청소함 쪽에서 들려온다. 주위를 두리번거리며 아무

도 없는 것을 확인하고 나서, 도로봉은 문을 열었다. 맨 안쪽에 세워진 대걸레 밑에 눈에 익은 기지마의 철제 필통이 있었다.

왜 이런 데 있는 거지..

집에서 안 가져왔다고 했는데, 잊어버린 거였어, 틀림없어.

자신이 찾아주게 되어 기뻤다. 필통을 집어 들고 열어 봤다.

안에는 연필 다섯 자루가 들어 있었다.

이상하게도 죄다 심이 부러져 있다.

억지로 힘을 가했는지 나무 부분까지도 망가져 있었다.

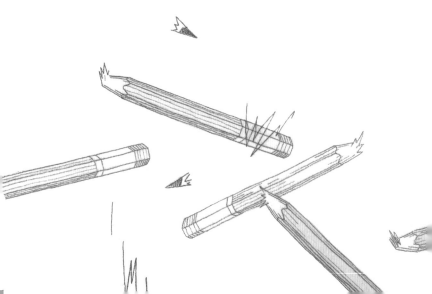

두 동강이 난 것도 있다.

안녀어 엉

연필들은 작게 속삭였다. 하지만 그것은 매우 강렬한 감정이었다.

이 물건들은 더는 기지마를 보고 싶은 않은 것이다. 도로봉은 그걸 알 수 있었다.

그 이유를 아직은 확실히 알 수 없었으나, 도로봉은 아무도 보지 못하도록 운동복 속에 철제 필통을 숨겼다. 배에 닿자 차가웠다. 그리고 자신의 자리로 돌아와 재빨리 필통을 책가방에 넣었다.

그로부터 사흘 뒤, 도로봉은 여러 가지 사정을 알게 되었다. 당번이었던 도로봉은 수업이 끝난 뒤 복도 창문을 닫고 있었다.

학교 담장 옆 어둑한 잡목림에 사람의 형체가 보였다.

해 떨어지기 전의 약한 햇살마저 나무줄기에 가로막혀 처음에는 또렷이 보이지 않았지만 가운데 있는 건 분명 기지마였다. 그 주위를 누군지 알아볼 수 없는 네다섯 명이 에워싸고 있었다. 계속 지켜보고 있자 한 명이 기지마를 냅다 들이받았다. 기지마는 비틀거리다 나무 뒤로 쓰러졌는지 보이지 않았다. 그러나 금세 비틀거리며 다시 나왔다. 이내 다른 남자애에게 들이받혀 비틀거리다 무릎이 푹 꺾이고 말았다. 주위에 있던 네다섯 명은 무슨 말인가를 내뱉고는 줄줄이 사라졌다.

잠시 후에 일어난 기지마는 무릎을 잠깐 살펴보고 나서 남자애들과 반대 방향, 그러니까 도로봉이 있는 창문 쪽으로 걸어왔다. 도로봉은 황급히 몸을 웅크렸다.

기지마를 괴롭힌 건 옆 반 남자애들이었다.

틀림없이 그 철제 필통도, 앞치마도 그 애들 짓이다.

도로봉은 자신도 모르는 사이에 회반죽을 바른 차가운 복도 벽에 앞머리를 북북 문지르면서 생각했다.

나에게 들리는 물건의 목소리는 정해져 있다.

주인이 기억조차 못 하는 것. 없어져도 모르는 것.

그리고 주인에게서 사라지기를 원하는 것. 자신들이

없는 게 주인에게 좋다는 걸 알아 버린 것.

분명 그 철제 필통도 기지마에게 돌아가고 싶지 않은 거다.

그런 모습으로는 자신을 소중히 여겨준 기지마에게 슬픔을 주리라는 걸 아니까.

틀림없이 이대로 발견되지 않는 게 더 좋다고 생각했던 거다.

기지마가 다 지나갔을 때쯤 도로봉은 등을 펴고 일어나 마저 창문을 닫았다. 머리를 문질렀던 자국이 희미하게 회반죽 벽에 얼룩으로 남아 있었다.

기지마는 그런 일이 있었던 걸 전혀 드러내지 않고 싱글벙글 웃고 있다. 분수 문제에 손을 들고 답하기도 하고, 뜀틀을 뛰어넘어 매트에 짠 하고 착지하는 모습을 보니 걱정하지 않아도 될 것 같았다.

방과 후, 근처 버스 정류장까지 함께 가려고 기지마를 찾고 있는데 소각로 너머에서 목소리가 들려왔다. 체육 도구실 모퉁이를 돌아가자 옆 반 애들 몇 명이 기지마를 둘러싸고 있었다. 도로봉은 놀라 그 자리에 멈춰 섰다.

하지만 바로 용기 내어 "기지마." 하고 불렀다.

모두 이쪽을 돌아보았다. 그리고 어색한 듯이 얼굴을 찡그리거나 히죽히죽 웃었다.

"돌려줄게. 자."

던진 책가방이 기지마의 발밑에 턱 하고 떨어졌다. 그러고 나서 모두 졸래졸래 운동장 쪽으로 사라졌다. 가방을 던진 건 옆 반 모리사와란 녀석이 분명했다.

"괜찮아?"

"응."

기지마는 씨익 웃고는 책가방을 주위들고 고운 흙을 털었다. 그 손이 멈췄다. 물끄러미 파란 책가방을 보고 있다.

도로봉도 알아차렸다. 가방 옆 가죽끈에 주렁주렁 매달고 다니던, 여행 가서 사 온 열쇠고리며 동물 캐릭터 다발이 없어졌다. 잘린 끈만 남아 있었다.

"에이, 어쩌지."

기지마는 책가방에서 눈을 들지 않은 채 말했다.

"할머니가 준 부적도 있었는데."

고개를 숙인 기지마의 눈이 금세 붉어지는 것을 도로

봉은 보았다. 기지마네 할머니, 작년에 돌아가셨지. 도로봉은 생각했다.

도로봉은 체육 도구실 모퉁이에서 한 발 내디딘 채 돌처럼 굳어져 있었다. 마치 비디오를 일시 정지한 것처럼.

모리사와의 집을 알게 된 건 다음 날. 도로봉은 수업이 끝나고 녀석의 뒤를 밟았다.

뒤를 밟았다지만 같은 버스를 탔을 뿐이다. 하지만 들키지 않고 뒤따라가느라 진땀을 뺐다. 버스 뒷좌석에 앉은 모리사와에게서 등을 돌린 채 책가방을 숨기고 운전석 옆에 바짝 움츠러들어 있었다.

정류장을 네 개 지나서 내린 곳은 도로봉이 처음 가 보는 항구 마을.

마을 전체가 새로 생겼는지 빨간 지붕을 이고 있는 비슷비슷한 새집들이 같은 리듬으로 줄지어 있었다.

모리사와는 그중 마당 딸린 집의 대문을 밀고 안으로 들어갔다. 부모님은 직장에 가고 없는지, 등에 멘 책가방을 한쪽 팔에서만 내려 부스럭부스럭 꺼낸 열쇠로 현

관문을 열었다.

도로봉은 대각선 맞은편 집의 담벼락 모퉁이에 숨어 있었다. 느지막이 핀 동백꽃이 담장 위까지 흐드러져 있었다.

도로봉은 초등학교 4학년이지만 이미 도둑 경력 4년이었다.

문이 잠긴 집과 그렇지 않은 집은 잠깐 귀 기울여도 알 수 있었다.

문이 잠겨 있더라도 대부분 30초나 1분 사이에 열 수 있었다.

목소리에 따르기만 하면 물건이 있는 장소를 알 수 있었고 잠긴 문도 열 수가 있었다. 책가방 바닥에 들어 있는 굵기가 다른 몇 종류의 철사를 열쇠구멍 안에 넣고 구부리거나 돌리면 딱 맞는 지점에서 잠금장치는 휴우 하고 한숨을 내쉬며 가르쳐 주었다.

물건의 목소리는 언제나 그 너머에서 들려왔다. 그래서 물건이 목소리를 내지 않으면 도로봉은 자신이 훔치고 싶은 것을 훔쳐내는 방법을 몰랐다.

도로봉은 기지마의 열쇠고리 다발을 머릿속에 떠올려

보려고 했다.

그 목소리를 상상해 봤다.

기지마에게 돌아가고 싶다면 무슨 말을 해 달라고 마음속으로 간절히 빌었다.

하지만 소용없었다.

도로봉에게 들리는 물건의 목소리는 정해져 있다.

주인에게 잊힌 것.

없어져도 주인이 알아차리지 못하는 것.

그리고 스스로 없어지는 게 좋다고 생각하는 것.

아마 열쇠고리는 그 어느 쪽에도 해당하지 않을 것이다.

자동차가 몇 대 지나갔다. 까마귀가 날아왔다가 금세 날아가 버렸다.

항구 내음이 섞인 저녁 바람이 5월의 동백을 흔들어 꽃 한 송이를 뚝 떨어뜨렸지만 기지마네 할머니 부적의 목소리는 들리지 않는다.

도로봉은 어릴 때부터 표정 변화가 없는 온순한 아이였다.

하지만 순간적인 판단은 놀라울 정도로 대담하고 용

기 있게 내렸다.

그것은 핏줄은 이어져 있지 않아도 역시 노름꾼 아버지의 아들이기 때문인지도 몰랐다.

해가 기울어갈 무렵, 현관문이 열리고 모리사와가 뛰어나왔다. 도로봉은 담 모퉁이로 몸을 숨겼다. 방금 모리사와는 문을 잠그지 않았다. 지갑처럼 생긴 걸 손에 들고 있으니 아마 근처에 뭔가 사러 나간 게 아닐까. 금세 돌아오겠지. 그래서 문도 잠그지 않은 것이다.

깔끔하게 정돈된 현관 바닥과 복도. 마루가 깔린 바닥도 번쩍번쩍하다. 아직 새 집 냄새가 난다.

하지만 여느 때와 달리 살아 있는 집의 기운이 느껴지지 않았다.

집이란 여러 가지가 숨 쉬고 있는 숲과 같은 것. 그런데 이 집은 그 감각이 전혀 작동하지 않는다.

다른 때 같으면 민첩하게 들어가, 증거 하나 남지 않도록 몸이 저절로 움직이는데.

목소리가 들리지 않을 때의 도로봉은 보통의 초등학생일 뿐.

신고 벗기 쉽도록 끈을 느슨하게 묶어 놓은 회색 운동

화를 벗어 던진다. 턱, 턱 하는 소리가 몹시 크게 울려서 조마조마하다. 다른 때는 이런 얼빠진 소리가 나지 않는다.

목소리가 나지 않기 때문에 어느 쪽으로 가야 하는지도 알 수 없었다. 하지만 모리사와의 방은 2층이 아닐까. 미끄럼 방지 카펫이 깔린 계단을 단숨에 뛰어 올라간다.

복도 끝에는 창문이, 복도 양쪽으로는 문이 있다. 먼저 오른쪽을 연다. 틀림없다. 창고다. 왼쪽을 연다. 모리사와의 방이었다.

책상 밑 서랍에 조금 전까지 모리사와가 메고 있던 책가방이 세워져 있다. 가방을 열려고 쇠장식에 손을 대자 손가락 자국이 철썩 찍혔다. 이런 일은 처음이다. 긴장해서 손이 축축해진 것이다. 도로봉은 바지에 손바닥을 닦았다. 앗, 책가방을 거꾸로 떨어뜨리고 말았다. 마룻바닥에 떨어진 철제 필통이며 자가 무지막지한 소리를 낸다. 심장이 바닥에 내려친 피구 공처럼 통 튀어 올라 그대로 목을 쳐올린다.

기지마의 열쇠고리는 없었다. 서랍을 하나하나 열어

나간다. 없다. 없다. 없다.

도로봉은 눈을 감았다. 집중하기 위해 심호흡을 하고 평소처럼 주문을 외운다.

도로봉 도로봉

도로로로

남을 저주하면 무덤이 두 개

남을 축복하면 떡이 두 개

도로봉 도로봉

도로로로

의미 없는 주문. 다른 때는 마음을 하나의 마이크처럼 만들어 물건의 목소리를 모아 맑은 소리로 바꾸는 말이었다. 하지만 지금은 아무 소리도 들리지 않는다. 아무 일도 일어나지 않는다. 게다가 시간이 없다.

틀렸어. 도로봉은 마지막 서랍을 닫고 도망가려고 일어났다.

그때 희미한 목소리가 났다.

내-일 내-일 내-일 내-내-

도로봉은 주위를 둘러보았다.

내-일 나나나나날씨가 날씨가 내

옷장을 열어 보았다. 옷과 골판지 상자가 잔뜩 들어 있는 안쪽을 뒤지니 아무렇게나 구겨 넣은 배낭이 있었다. 꺼내 보니 완전한 새것이었다. 파란 나일론에 노란 줄이 들어간 가방.

그 배낭은, 좋은 날씨가 되게 해 줘-, 라고 노래하듯이 말하고는,

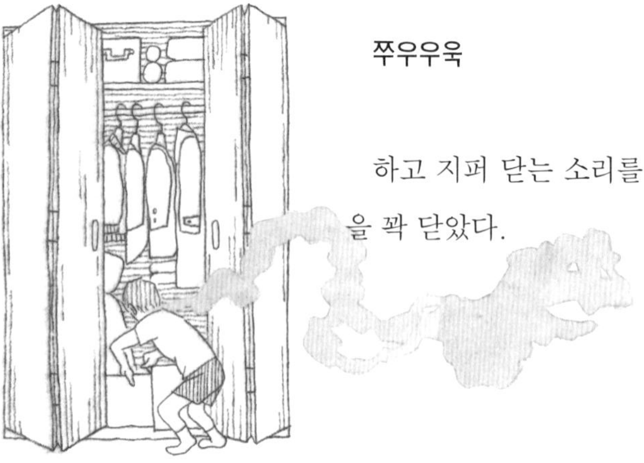

쭈우우욱

하고 지퍼 닫는 소리를 내고 입을 꽉 닫았다.

결국 부적은 찾지 못했다. 도로봉은 배낭을 손에 들고 방을 나와 계단을 내려갔다. 그때였다.

"애야, 벌써 온 거냐, 빨리 왔구나." 하는 목소리가 들렸다. 깜짝 놀란 도로봉은 발을 헛디딘 바람에 계단에 등을 쾅 부딪치고 뒤로 넘어졌다. 그리고 그대로 계단에서 미끄러져 아래로 떨어졌다.

"무슨 일이야, 괜찮은 거냐!"

어느 방에선지 목소리만 들렸다.

등이 아파 숨을 쉴 수가 없었다. 도로봉은 현관으로 기어가면서 스스로 한심스러워 화가 치밀었다. 모리사와가 문을 따고 들어갔다고 해서 안에 아무도 없다고 단정할 수 없지 않은가. 문을 잠그지 않고 나간 것도 금방 돌아올 생각으로 그런 게 아니라 안에 가족이 있었기 때문이다.

도로봉은 지금껏 느껴보지 못했던 자신의 한심함에 고꾸라지듯 밖으로 뛰어나왔다.

저녁노을이 예쁜 건 한순간뿐. 노을이 지고 나면 지독한 외로움이 밀려든다. 도로봉은 버스 차창으로 휙휙 지나가는 수많은 건물을 바라본다. 석양이 하얀 고층 아파트 벽을 오렌지 빛깔로 물들이고, 그 오렌지 빛깔은 옆 빌딩 유리창을 선명한 빨강으로 물들여 놓는다. 벽돌색 다세대 주택은 보라색 노을빛과 섞여 양갱처럼 검붉다. 그것도 모두 순식간에 차창 뒤로 빙그르르 돌아 사라져 간다. 기다란 버스가 꽁무니를 흔들며 꾸무럭꾸무럭 모퉁이를 돌 때마다 빨강은 검게 지워지며 밤에 추월당하는가 싶더니 순식간 어둠에 먹혀 버렸다.

집 근처 버스 정류장에 도착했다. 버스 발판을 쿵, 쿵 울리며 버스에서 내린 뒤에야 몸이 무거워졌음을 알아차렸다. 알렉산더 공원 옆을 지나가는데 기지마의 모습이 보였다.

"야아-."

가로등 불빛 아래서 손을 흔들고 있다.

"어, 무슨 일이야?"

도로봉은 화들짝 놀랐다. 기지마가 뛰어와 웃으며 말했다.

"아까 너희 집에 갔었는데 아직 집에 안 왔대서. 여기를 지나갈 거라고 생각했지."

"너한테 숨긴 거, 솔직하게 말하려고."

둘은 공원 입구에 있는 차량 진입 차단 펜스에 나란히 앉았다. 엉덩이로 찬기가 올라왔다.

기지마는 옆 반 애들에게 괴롭힘당한 이야기를 했다. 필통을 안 가져왔다고 거짓말한 것을 사과했다.

"걱정할까 봐, 미안해서 그랬어."

"그게 뭐가 미안하다고 그래."

도로봉은 가슴이 답답해졌다. 정말로 그 정도는 전혀 미안할 일이 아니다. 왜냐하면 자신이야말로 온통 숨기는 것투성이니까. 벼룩시장 이야기도 하지 않았고, 심지어 지금은 기지마를 괴롭히는 모리사와 집에 들어가 물건을 훔쳐 나오는 길이다.

"다행이다."

둘 다 정면의 분수 쪽을 향하고 있어서 확실히 알 순 없지만 기지마가 기뻐하며 웃는 것 같았다.

"어. 나도 그거랑 똑같은 거 있는데."

"뭐?"

도로봉은 한 손에 덜렁덜렁 들고 있던 배낭을 보았다. 까맣게 잊고 있었다.

"그게 말이야, 이거, 그."

도로봉은 어떻게 설명해야 할지 몰라 허둥거렸다. 정신이 들자 기지마는 흔들흔들하는 자신의 손끝을 빤히 보고 있었다.

"왜 그래?"

"난 바보였어."

기지마는 금방이라도 울음을 터뜨릴 듯한 목소리로 말했다.

"이제야 알았어."

기지마는 천천히 이야기를 시작했다.

모리사와와는 유치원 때부터 친하게 지냈다는 것.

초등학교에 올라와서도 1, 2학년 때 같은 반이었다는 것.

2학년 가을 소풍을 앞두고 함께 자전거를 타고 옆 마을 슈퍼로 배낭을 사러 갔다는 것. 간 김에 식품 코너에서 시식도 할 겸.

"처음에는 각자 좋아하는 걸 사기로 했는데 둘 다 같은 걸 골랐어. 색은 파랑이랑 검정이랑 빨강이 있었는데, 둘 다 파란 걸로 샀어."

분명히 그거랑 똑같은 거였어, 라고 기지마는 말했다.

그리고 소풍 전날, 반에서 모둠을 정했다. "다섯 명씩 한 모둠으로 만들도록." 선생님이 말했다. 그때 누군가 불쑥 기지마에게 말을 건넸다.

한 명이 부족한데, 들어오지 않을래?

"별생각 없이 그냥, 좋아, 하고 대답해 버렸어. 그래서 그 애들이랑 같이 웃고 있는데, 칠판 쪽에 있는 모리사와가 나를 보고 있더라. 그땐 별거 아니라고 생각했지. 모둠이 달라도 같은 산에 가는 거니까. 근데, 그렇지가 않았어. 모리사와는 아무 데도 들어가지 못한 나머지 애들이랑 한 모둠이 됐어. 별로 친하지 않은 애들이랑 말이야."

도로봉은 아무 말도 할 수 없었다. 가로등 그늘에 가라앉아 먹으로 칠한 듯 밋밋한 기지마의 옆얼굴만 바라보고 있었다.

"언제부턴가 모리사와랑 놀지 않게 됐어. 근데, 작년 말쯤부터 자꾸 얽히게 되더라. 왜 이렇게 됐는지 계속 생각해 봤어."

난, 모둠을 나눌 때 나를 쳐다보던 모리사와의 얼굴을 지금까지 한 번도 떠올려 본 적이 없어. 기지마는 얼굴을 일그러뜨린 채 도로봉에게 웃어 보였다.

"그 배낭을 보기 전까지는 잊고 있었어. 참 어이없지 않냐."

기지마는 차량 진입 차단 펜스에서 훌쩍 내려서서 반바지 엉덩이 주머니에 손을 찔러 넣고 걷기 시작했다. 찻길을 건너자 돌아보고는 "사과하려고." 하고 소리쳤다.

도로봉은 손을 흔드는 대신 들고 있던 배낭을 들어올렸다. 어슴푸레한 가로등 불빛에 가방을 비춰 보며 속삭였다.

"잘됐다. 화해하고 나면 모리사와도 너를 기억해 줄지 몰라."

"선배님."

도로봉을 유치장으로 돌려보내자, 오하스가 벌떡 일어나 말했다.

"많이 배웠습니다. 그런데 말입니다."

"이게 무슨 취조냐고 말하려는 거지?"

나는 그렇게 선수 쳤다.

"알아. 하지만 더없이 흥미로운 용의자란 생각, 안 드
나?"

"그야 뭐, 흥미로운 거야 말해 뭣합니까. 계속 듣고
싶을 정도로 재미있습니다. 그런데 말입니다, 혹시 여기
나사가 약간 풀린 게 아닌가 싶기도 합니다만."

오하스는 집게손가락으로 자신의 관자놀이를 가리키
며 빙글빙글 돌렸다.

그건 그래, 라고 말하려다 허겁지겁 말꼬리를 삼켰다.
연필을 정리하던 아사미 씨가 불쾌한 눈으로 오하스를
째려보고 있었기 때문이다.

"거짓말은 아닌 것 같던데요."

아사미 씨는 연필을 네다섯 자루 쥐고, 꽁무니를 책상
에 콩콩 쳐서 가지런히 맞춰 필통에 넣고 찍 하는 날카
로운 소리를 내며 지퍼를 닫았다.

"뭘 안다고 그래. 형사도 아니면서."

오하스는 놀랐는지 그렇게 면박을 주었다.

"어머머! 몇 년 동안 매일 조사하는 걸 듣고 기록하다 보면 웬만큼은 알 수 있거든요. 그게 몇백 명이라고요. 게다가 치보리 씨는 의심하고 있지 않다고요."

"자, 자."

나는 아사미 씨가 처음으로 내 이름을 불러준 데에 머리가 멍해지고 말았다.

"오하스, 취조란 건 말이지, 이쪽이 묻고 싶은 것만 물으면 자기가 생각한 결론밖에 나오지 않는 법이야. 편견 없이, 평소에는 들리지 않는 어떠한 작은 목소리에도 귀 기울일 것. 안 그러면 자기 외부에 있는 새로운 걸 발견하지 못하게 되지."

"작은 목소리에도 귀를 기울인다."

아사미 씨는 한숨을 내쉬며 말했다.

"왠지 도로봉 씨가 한 얘기 같은걸요."

그렇다, 확실히 도로봉 같다. 나도 모르는 사이에 영향을 받았다고 생각하니 왠지 민망했다.

다섯째 날

그런데 도로봉은 집에 몰래 들어갈 때면 언제나 숲을 생각했다.

도로봉이 진짜 숲에 가 본 것은 딱 한 번뿐이었다.

세 살 때, 아버지의 친가가 있는 먼 동쪽 시골 마을을 여행했을 때다.

도로봉은 할아버지 손에 이끌려 천천히 느릿느릿 걸었다. 논 사이로 난 논두렁길. 강가의 자갈길. 눈 녹은 물이 콸콸 소리를 내며 흐르는 작은 다리. 할아버지는 웅얼대며 가사가 정확하지 않은 노래를 흥얼거렸다.

할아버지, 다시 말해 아버지의 아버지는 그 후로 곧바로 죽었기 때문에 얼굴을 또렷이 기억하지 못했다. 하지만 태어나서 처음 들어가 본 그때 그 숲은 습도까지도 생생히 기억난다.

잠시 서 있던 숲속은 여름인데도 서늘했고, 공기가 헝겊처럼 보드라웠다.

그리고 조용했다.

이전에는 느껴본 적 없는 고요함.

소리가 없는 건 아니었다. 오히려 아주 많은 소리가 겹겹이 겹쳐졌다.

희미하게 속삭이는 소리들이 빈틈없는 층을 이루어서 도리어 조용하게 느껴졌다.

세계의 떨림과 자신의 고막의 떨림이 완전히 일체가 되었다. 세계와 자신이 하나의 소리가 된 것이다.

너도밤나무와 모밀잣밤나무도, 그 밑에서 자라는 풀과 버섯도, 상수리며 다람쥐며 멧비둘기며 이끼도, 뱀딸기도, 날아다니는 벌레와 기어다니는 벌레도, 흙을 뒤집어쓰고 사는 지렁이와 두더지도, 모두 세계를 흔들어 놓는다. 그들 안에 있는 도로봉도 하나의 목소리가 되어 세계를 흔들어 놓는다.

거기 있는 생물 모두가 자신의 목소리를 내고 있었다.

그런데 그것들이 내는 목소리 하나하나를 구분할 수 있었지만, 구분해서 들을 수 있었지만, 그때는 아직, 물건이 내는 목소리처럼 도로봉도 아는 소리로 말을 걸어오는 일은 없었다.

왜 그랬는지, 그 이유를 알 것 같은 기분이 든 건 한참 훗날의 일.

그것은 분명, 숲속에서는 아무도 자신이 이 세상에 필요 없는 존재라고 느끼지 않을 테니까.

"열다섯 살이었습니다."

도로봉이 말했다.

"아파트 단지라지만 서너 동밖에 없는 작은 규모였습니다. 단지 안 덜커덩거리는 보도블록 길을 걷고 있는데 시야가 좀 밝아진 기분이 들어서 올려다봤지요. 한 창문에서 빛이 새어 나오고 있었습니다. 계단으로 올라가 보니 202호였습니다. 방에 아무도 없다는 건, 문이 잠겨 있지 않다는 걸 이미 알고 있었기에 안으로 들어갔습니다."

"잠깐."

나는 말허리를 잘랐다.

"항상 그걸 모르겠단 말이야."

"뭘 말인가요."

도로봉이 말했다.

"아무도 없다는 걸 어떻게 알지?"

"사람이 있다면 불빛이 보이거나 물건의 목소리가 들리지 않지요."

"그럼 문이 잠겨 있지 않다는 건 어떻게 알고?"

"그러니까."

도로봉은 감정 없는 눈으로 나를 보며 말했다.

"형사님은 잠겨 있는 문과 잠겨 있지 않은 문이 같다고 생각하는 거지요?"

"그야 뭐."

나는 말문이 막혔다.

"으음, 같지 않나."

불안하여 오하스를 돌아봤다. 오하스는, 저한테 묻지 마십쇼, 라는 듯이 몹시 험상궂은 얼굴로 나를 노려보았다.

"예를 들면, 잠자는 사람과 깨어 있는 사람은 다르지요."

도로봉은 도움의 손길을 내밀 듯 넌지시 말했다.

"다르지."

"문도 마찬가지입니다."

마찬가지인가, 라고 생각하며 오하스를 보니 어느새 팔짱을 낀 채 눈을 감고 있다. 아사미 씨를 보자 진지하게 공책에 연필을 내달리고 있다. 더 질문을 해 봐야 답이 나오기는커녕 점점 혼란스러워질 것 같아서 도로봉에게 천천히 고개를 끄덕여 보였다.

"오케이. 계속해 봐."

문 잠그는 걸 깜빡 잊은 게 분명했다.

가지런히 정돈된 신발을 보고 다소 이상히 여겼지만 위험은 느낄 수 없었고, 무엇보다 그 집 어디선가 들리는 초조한 목소리에 마음이 끌렸다.

도로봉 도로봉
도로로로
불꽃놀이 불꽃 꽃놀이 꽃잎
불꽃놀이 불꽃 꽃놀이 꽃잎
도로봉 도로봉
도로로로

언제나처럼 의미 없는 주문.

가랑눈을 꽉 쥐면 단단한 눈뭉치가 되듯 별안간 기분이 상쾌하다.

벗고 신기 쉽게 언제나 끈을 느슨하게 묶어 둔 운동화를 손도 쓰지 않고 마치 뱀이 허물을 벗듯 벗어 놓고, 소리 없이 부엌을 통과한다.

가가가가가가가가

목소리가 난다. 오른쪽에 침실, 왼쪽에 거실. 문을 열지 않고도 도로봉은 알 수 있었다. 열다섯 살 도로봉에게는 이제 그 정도의 능력은 있었다. 판자로 된 복도를 끝까지 걸어가 미닫이문을 살그머니 밀었다. 목소리의 주인이 놀라지 않도록 조심하듯.

가가가가가를상처 가가가를상처 가를상처

창가에 공책 한 권을 펼쳐 놓으면 꽉 찰 것 같은 자그마한 책상. 도로봉은 다가가 책상 서랍을 열었다.

펜이며 종이쪼가리며 봉투, 도장, 여행 기념품으로 모아 놓은 열쇠고리가 가득가득 들어 있다. 빈틈없이 닫힌 커튼 사이로 비쳐드는 가느다란 빛줄기 속에서 먼지가 뱅글뱅글 날아올랐다. 살짝 곰팡내가 피어올랐다. 서랍을 끝까지 잡아 빼도 보이지 않는 깊숙한 곳에, 마치 구불구불 구부러지는 철사 같은 집게손가락을 집어넣는다.

빙글빙글 하고 손목을 돌리자, 그것이 어떻게 가능한지 알 수 없으나, 도로봉은 빈틈없이 채워진 다른 물건을 하나도 움직이지 않고 손수건에 싸인 뭔가를 손가락 하나에 얹어 꺼냈다.

그 하얀 손수건을 손바닥에 올려놓고 펼쳐 보았다. 반지가 나왔다.

가를 상처 가를 상처 가를 상처

초조한 목소리는 점점 안정을 찾아갔다.

가를 상처 준다

누군가를 상처 준다

나는 누군가를 상

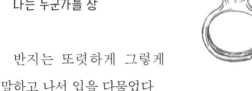

반지는 또렷하게 그렇게
말하고 나서 입을 다물었다.

반짝반짝 투명하게 빛나는 보석.

"너, 다이아몬드야?" 도로봉이 물었다. 반지에 귀를
기울였다. 희미하고 편안한 숨소리 같은 울림뿐이었다.

도로봉은 누구에게랄 것도 없이 고개를 끄덕였다. 순
식간에 펼쳐질 때와 반대 순서로 손수건이 접힌다. 그걸
회색 가방에 넣는다. 서랍을 닫자, 이제부터 비디오 되
감기가 시작된다. 도로봉의 기술은 오랜 시간 축적된 경
험으로 눈이 휘둥그레질 정도로 진화했다. 여느 때처럼
등을 돌린 채로 걸어가자 미닫이문이 소리 없이 닫힌다.
뒤로 미끄러지듯 복도를 걸어가자 마치 신발이 저절로
튀어 올라온 것처럼 발에 신겨진다. 현관문 손잡이가 자
동문처럼 마치 손바닥 위에서 팽이가 돌아가듯 슈웅 돌
아갔다.

그다음은 평소의 도로봉으로 돌아온다. 계단을 걸어 내려가, 우편함 옆에 있는 출구를 돌아 나온다. 햇빛이 쏴아 쏟아진다.

가로수 나뭇잎 사이로 내리비치는 어른어른 불꽃 같은 빛살 속을 검은 옷을 입은 한 무리의 사람들이 걸어오고 있었다.

마주치지 않도록 영산백 산울타리 틈으로 꺾어 들어간다.

왠지 마음에 걸려 흘끔 뒤돌아본 도로봉은 자신의 눈을 의심했다.

벼룩시장 때와 모습이며 분위기가 사뭇 달라서 알아보지 못했다.

검은 옷을 입은 사람들 한가운데에서 걸어가는 건 노리스 씨였다.

건물 뒤에 숨어 지켜보자, 방금 도로봉이 나온 계단을 올라간다.

아까 들어갔던 집은 여느 때와 다르게 숲속에 있는 듯한 느낌이 매우 약했던 것을 퍼뜩 깨달았다.

왜일까, 숲은 숲인데 배우 없는 연극 무대의 배경 세

트 같았다. 중요한 무엇인가가 결여된 듯한.

　반지라니, 이걸 어쩐다지. 도로봉은 국도를 따라 걸으면서 고민했다.

　이렇게 비싼 물건을 훔친 건 처음이다. 당연히 어떻게 처리해야 할지도 모른다.

　벼룩시장에서 어린 남자애가 반지를 파는 광경은 어느 모로 보나 수상쩍다.

　가격도 어림할 수가 없다. 다이아몬드인지 유리구슬인지, 열다섯 살짜리로서는 구분할 길이 없다.

　그리고 근거는 없지만, 이 반지는 분명 노리스 씨와 관련이 있다.

　훔쳐낸 게 잘한 일일까.

　그렇게 친절을 베풀어 준 사람의 귀한 물건을 빼앗은 건 아닐까.

　불안했다. 하지만 반지가 도움을 요청한 건 확실했다. 도로봉을 불렀다. 도로봉이 알 수 있는 건 그것뿐이었고, 물건의 목소리를 따라서 지금까지 크게 잘못된 일은 없었다.

아무튼 집 안의 안전한 곳에 숨겨두자. 도로봉은 그렇게 생각했다. 중요한 물건을 보관하는 장소래봤자 벽장 천장 판자를 떼어낸 곳에 숨겨둔 초코 쿠키 통이었지만.

집까지 두 정거장쯤 되는 거리를 걸어가기로 했다. 도둑의 머리는 발에 있다. 도로봉은 언제나 그렇게 생각했다. 도둑은 걸으면서 생각한다.

뱀이 기어가는 것처럼 구불구불한 강둑길로 걸어가자 길이 툭 끊겼다. 천천히 돌아가 다리를 건너자 곧장 주택가로 들어서는가 싶더니 금세 다시 강이 나타났고, 자신도 모르는 사이에 반대편 강가에 와 있었다.

일요일, 인적 없는 상가.

지금은 문이 닫힌 꼬치구이집과 숯불구이 고기집 사이에 유리문이 거무스름하게 그을린 골동품상이 끼어 있었다.

어두워서 영업을 하는지조차 가늠할 수가 없었다. 그 앞을 지나가는데 앞 유리문 너머에서 나무로 만든 베개 같은 것이 기름매미처럼 울고 있었다. 되돌아가 보니 골동품 라디오였다. 다시 걸음을 떼려는데 붙잡기라도 하듯 천으로 싸인 스피커 안에서 뭔가가 지직, 지직 하고

울었다.

여느 때의 훔쳐 달라는 목소리가 아니었다. 결국은 궁금증을 못 이기고 쭈뼛쭈뼛 미닫이 유리문을 열어 봤다.

가게 안은 여러 개의 선반과 받침대가 통로를 가르고 있었고, 그 위에는 물건들이 천장까지 가득 차 있다. 냄비와 삽과 원피스와 땜질 인두와 프랑스 인형 등 한 자리에 있을 일이 없을 법한 물건들이 이 가게에 모여, 잠시 자신의 역할을 잊은 듯 편안히 잠들어 있다. 그것 모두가 파는 것이고, 진열 선반이며 받침대까지도 분명 파는 것일 테니, 전부 먹을 수 있는 과자의 집 같다고 도로봉은 생각했다. 안쪽에 있는 방은 어둠이 한층 짙었다. 그 안에 앉아 있던 주인으로 보이는 남자가 갈색 봉투 같은 얼굴을 들었다.

"뭐 팔 물건이라도 있나?"

지나가다 그냥 불쑥 한 번 들어가 본 손님인 척했는데, 어떻게 알아본 것일까. 어깨에 멘 가방의 반지가 들어 있는 부분을 슬쩍 쓰다듬자 뒤에서 기름매미 라디오가 마침내 오줌을 갈기고 날아가듯 찌이이이 하고 높게 울었다.

어째서 믿을 마음이 들었는지, 이제 와서 그걸 알 길은 없지만 도로봉은 가방 덮개를 뒤로 젖히고 가방을 열었다. 손바닥 위에서 손수건을 펼쳤다. 주인은 섬돌에서 스륵 소리를 내며 샌들을 발에 꿰고는 반지를 들여다보았다.

어둠 속을 빠져나온 주인은 초밥 요리사처럼 스포츠머리였지만 생각보다 젊었다. 반지를 슬그머니 집어 올리고 마치 작은 지구의라도 바라보듯 한동안 눈앞에서 빙글빙글 돌렸다.

"감정서가 있다면 값을 더 쳐줄 수 있는데 말이야."

주인은 놀라운 가격을 제시했다. 도로봉이 본 적도 가져본 적도 없는 금액. 진짜 다이아몬드라면 이상할 것도 없지만.

'어머니 심부름입니다'와 같은 변명거리를 떠올리고 있는데, 주인은 사정을 묻지도 않는다.

물건, 만을 보고 있다. 물건, 만을 생각하고 있다.

물건을 대하는 방식은 다르지만 도로봉은 자신과 닮은 뭔가를 느꼈다.

"죄송합니다."

도로봉은 주인이 들고 있는 반지를 받아든다. 손바닥에 올려놓고 빤히 바라보며 묻는다.

"괜찮아?"

반지는 역시 반지였다. 조용히 반지 본연의 모습으로 돌아가 있었다.

"괜찮은 것 같습니다. 그 가격이면."

도로봉은 말했다.

가게 주인이 눈을 휘둥그레 떴다. 그리고 그대로 돌처럼 굳어졌나 싶었는데 얼굴이 시뻘게져서 가늘게 떨기 시작했다. 내가 무슨 잘못을 한 건가. 이유는 잘 모르지만 사과하는 게 좋겠어. 도로봉이 그렇게 생각했을 때 주인은 큰 소리로 웃음을 터뜨렸다.

"와하하하하. 그야 그렇지. 당연한 거야. 물건에게 묻는 게 제일 정확하다구. 당연하지, 당연해."

주인은 폐의 공기를 모조리 쏟아낼 것처럼 웃어젖히고는 눈꼬리에 맺힌 눈물을 훔쳤다. 너무 웃어서 체온이 떨어졌는지 부르르 몸을 떨고는 재채기를 두 번 하고 마침내 차분해졌다.

"사실은요, 누군가를 상처 줬다고 땅이 꺼져라 걱정

했거든요."

도로봉은 주인이 진정하기를 기다렸다가 머뭇머뭇 말했다.

"누가?"

"이 반지가요."

"반지가, 걱정을 했다?"

"네. 그게 어떻게 된 일일까요?"

"그건 내가 묻고 싶군그래."

앞에 있는 소년이 진지함 그 자체라는 걸 알아차린 주인은 히죽거리던 입꼬리를 일그러뜨렸다. 그리고 툭 튀어나온 뼈 위에 붙은 옅은 눈썹을 찌푸리며 말했다.

"으음, 그렇겠지. 당연하지 당연해. 그런 일이 있을지도 모르지. 반지란 게 아무튼, 사람의 감정을 모으는 거니까 말이야. 그래서 아무리 물건이 좋아도 중고가 돼버리면 쉽사리 값을 매길 수가 없지. 모르는 사람의 감정이 쌓인 게 방해가 되거든."

도로봉은 골똘히 생각했다. 그건 그렇다, 물건이 내는 목소리에는 편안한 것과 심각한 것이 있다. 심각한 목소리에는 깊은 감정이 담겼을지도 모른다.

"어험."

어린애는 이해하기 어려울 수도 있지만, 하며 주인은 전제를 두고 이야기를 시작했다.

"가령, 남편 방에서 처음 보는 반지가 나왔다고 해 보자고."

"네."

"부인이 좋게 생각할 리 없겠지. 몹시 상처받을 수도 있을 거야. 그 때문에 부부 사이가 틀어지는 일도 있지. 반지란, 그런 거야."

도로봉은 그때 반지가 몸서리친 느낌이 들었다.

노리스 씨를 떠올렸다.

노리스 씨의 남편은 내내 병치레를 했다.

혹시 죽은 건 아닐까.

도망칠 때 스쳐 지나갔던 검은 옷을 입은 사람들.

노리스 씨와 친척들은 당장 그 방을 정리하려고 했던 게 아닐까.

이 반지는 누구에게도 발견되고 싶지 않았다. 거기에 있고 싶지 않았던 것이다. 주인이었던 사람의 소중한 부인을 자신이 상처 줄 수도 있다는 생각에 떨고 있었던 게 아닐까.

"장물아비란 걸 아나?"

주인은 시선을 딴 데로 돌린 채 얼굴을 바짝 들이대고 물었다.

도로봉은 고개를 저었다.

"우리 가게는 표면상으로는 골동품상이지만 위법한 것도 다루지. 그런 일 하는 사람을 장물아비라고 해. 나는 장물아비라네. 이름은 장무리. 우리 가게는 안전해."

"위법한 것."

도로봉은 슬그머니 뒷걸음질쳤다. 운동화 밑에서 가게 바닥이 스럭 하고 울었다.

"아, 이를테면 훔친 것도 말이지. 우리는 뒤를 캐지는 않아. 당연하지. 당연해."

하는 장무리.

이 가게가 이렇게 추웠던가. 도로봉은 갑자기 무서워졌다.

"당장은 믿을 수 없을 테지."

도로봉에게 웃어 보이며 장무리가 말했다.

"그렇다면 그 반지, 마음이 내킬 때까지 팔지 않아도

좋아. 물건은 잘못한 게 없어. 모르는 치한테 헐값에 처분해 버리는 것보단, 십 년쯤 뒤에 소중한 사람에게 프러포즈할 때 주는 게 낫지. 그 반지도 그걸 더 기뻐할 거야. 네 식으로 말하면 말이지."

장물아비 장무리는 드러내놓고 웃지는 않았으나 보일 듯 말 듯 미소 지은 건 확실하다. 그 마지막 말과 미소는 도로봉의 손 안에 있는 반지에게 보내는 게 분명했다.

"넌? 물론 말해도 된다면."

도로봉은 장무리를 믿기로 했다.

"도둑 도로봉입니다."

그때 처음으로 그 이름을 입에 올렸다.

도로봉이 취조실을 나간 뒤, 나와 오하스는 동시에 일어났다.

"왜 그러나?"

"그러는 선배님은요?"

"내가 뭘."

나는 시치미를 떼고 웃옷 주머니를 잡아당겼다.

"저, 하겠습니다. 노리스 씨라는 여성이 있는지 확인

103

하면 되는 거죠?"

과연 내 부하다. 감이 아주 좋다.

"됐어. 내 일이야. 게다가 이제야 겨우 사건다워지기도 했고."

복도로 나오자 오하스도 따라 나왔다.

"저도 같이 갈까요?"

"자네도 일이 있잖나. 듣기론 성가신 사건 같던데."

"잘 아시네요. 그렇습니다. 놈은 아무리 봐도 수상한데, 피해자와의 관계를 통 못 찾겠단 말입니다."

오하스는 별안간 말을 꺼냈다.

"선배님, 조언 좀 해주십쇼."

"곤경에 빠졌군."

"네, 곤경에 빠졌습니다."

"자네 말야, 이쪽이 더 재미있어 보일 뿐이지?"

"앗, 들킨 건가요."

오하스가 멈춰 서서 큰소리로 웃음을 터뜨렸다. 나는 오하스 쪽을 돌아보지도 않은 채 어깨너머로 손을 흔들고 걸음을 재촉했다.

여섯째 날

"어땠어요, 치보리 씨?"

취조실에 들어가자 아사미 씨가 눈을
반짝이며 기다리고 있었다.

"뭐가."

"뭐가라니요. 그 여성 말이에요.
어제 만나러 가셨잖아요."

왼손에 아주 뾰족한 연필을 들고, 오른손에 칼을 든
채로 다가온다. 무섭다.

"그 아파트에는 살지 않았어. 역시 남편을 잃었고, 그
후로 이사 간 모양이야."

아사미 씨는 낙담했다.

"그럼, 못 만났군요."

"설마. 내가 그 정도로 포기할 사람이 아니지."

나는 손을 뒤로 돌려 책상을 짚고 가슴을 편다.

"다세대 주택에서 혼자 사는 걸 알아냈지. 아파트 단
지에서 그리 떨어져 있지 않더군. 노리스 씨는 도로봉을
정확히 기억하고 있더라고. 이사한 뒤로 벼룩시장에 나

가지 않아서 계속 못 만났다더군. 그래서 마음에 두고 있었나 봐. 다만."

나는 그만 미간을 찌푸리고 말았다.

"반지에 대해서는 기억하지 못하더군. 뭔가 없어진 게 있다는 걸 눈치조차 못 채고 있더라고. 하긴, 노리스 씨는 반지가 있는지도 몰랐겠지. 반지의 진짜 주인인 남편이 죽었으니."

"주인이 그 물건이 있었던 것조차 기억하지 못하는 것. 없어져도 알아차리지 못하는 것."

아사미 씨가 말했다. 도로봉의 말이다.

나는 고개를 끄덕였다.

"도로봉이 훔치는 건 그런 물건이었어. 그러니 훔쳤다는 걸 절대로 증명할 수 없는 거지. 도둑맞은 사람도 경찰에 신고하는 일이 결코 없을 테고. 도둑맞은 줄도 모르니까."

나는 그제야 사안의 중대함을 뼈저리게 깨달았다. 마음이 몹시 심란했다. 그런 식으로 어릴 때부터 계속 훔쳐 왔다면 정말로 천 건이 넘을 것이다. 피해 신고는 아마 단 한 건도 들어오지 않았겠지.

"천재예요."

아사미 씨는 느닷없이 째지는 목소리로 말했다. 흥분으로 입술을 파르르 떨면서, 가슴 앞에서 두 주먹을 쥐고 있다.

"도로봉 씨는 천재 도둑이라고요."

"그건 그렇고, 내 눈을 노리는 그 연필하고 목을 따려는 그 나이프 좀 책상에 내려놓지 그래."

뭐가 그리도 기쁜 건지 나는 이해할 수 없었지만, 아사미 씨의 이런 모습은 처음 봤기 때문에 아무렴 어때, 하고 생각했다.

나는 다른 일이 마음에 걸렸다. 노리스 씨는 이렇게도 말했다.

"아 그 애요, 당연히 기억하죠. 한동안 일요일마다 벼룩시장에서 같이 물건을 팔았으니까요. 늘 특이한 물건만 내놓는데 그게 또 전부 팔려요. 참 이상한 아이였어요. 그립네요. 근데 이상하군요. 왜 그런지 아까부터 기억하려고 해도, 그 애의 얼굴이나 목소리가 희미해져서 아무것도 떠오르질 않아요. 꽤 오랫동안 매주 만났는데. 참 이상하죠, 제가 치매에 걸린 걸까요."

"선배님, 잠깐 괜찮습니까?"

오하스가 복도에서 들여다보며 손짓해 부른다.

"뭔데."

나는 일어나서 오하스가 손짓하는 대로 계속 뒤를 따라갔다. 계단을 내려가서 돌아가자 도로봉을 담당하는 교도관과 도로봉이 있었다.

"대체 무슨 일인데 그래."

내가 물었다.

"글쎄, 들린다는 겁니다."

오하스는 도로봉에게 자, 하고 턱을 치켜들었다.

"목소리가 납니다."

도로봉이 말했다.

"물건의 목소리가, 확실하게요."

문 너머를 투시하듯 눈을 떼지 않는다.

"흐음, 설마 경찰서에서 뭘 훔치려는 건 아니겠지?"

나는 덜컥 불안해서 말했다. 그런 일이 발생하면 동료 형사들의 웃음거리가 될 것이다.

"그럴 생각 없습니다. 하지만 아주, 아주 슬픈 목소리가 나요. 난생처음 들어보는 목소리, 여기가 찢기는 것 같은."

도로봉은 평소의 무표정한 얼굴 그대로 가슴에 주먹을 갖다댔다.

"이 방은?"

오하스에게 물었다.

"체포한 사람들의 소지품을 보관하고 있습니다."

다시 말해, 무수한 물건으로 가득 찬 방이다.

"들어가. 내가 허락하지."

내가 말했다.

"예스!"

오하스가 좋아서 싱글벙글 웃었다.

안에 있는 담당자에게 양해를 구하자 소지품 보관실 문을 열어 주었다. 사방 벽에 천장까지 서랍 케이스가 가득 들어차 있고, 그것에 전부 작은 번호표찰이 붙어 있었다.

설령 목소리가 정말로 들린다 해도, 이 속에서 물건 하나를 찾는다는 건 도저히 불가능하지 싶었다.

그, 빈틈없이 겹겹이 쌓인 어마어마한 물건들을 향해

오도카니 홀로 선 도로봉은 사람도 생물도 아닌, 광대한 바다로 툭 뻗어 나온 곳에 쓸쓸히 서 있는 등대처럼 보였다.

나와 오하스는 물건이 내는 목소리를 방해해선 안 된다는 생각에 잠자코 뒤에 서 있었다.

도로봉은 몹시 이상한 울림이 있는 목소리로 더듬더듬 예의 그 주문을 외웠다.

도로봉 도로봉 도로로로
사람의 임금님 당나귀의 귀
당나귀의 임금님 사람의 귀
도로봉 도로봉
도로로로

그 주문을 처음 들은 우리는 왠지 약간 감동했다.
"저기 1369번 서랍입니다."
도로봉이 가리킨 상자를 담당자가 받침대에 올라가 빼 왔다.

그것을 테이블에 내려놓았다. 우리는 그 주위를 둘러싸고 서랍 안을 봤다.

담배와 라이터와 지갑과 열쇠 다발.

별다를 것 없는 물건뿐이었다.

도로봉은 조심스레 구두에 손을 뻗었다.

다른 물건에는 눈길도 주지 않고 곧바로 그 후줄근한 구두에 손을 댔다.

이유는 모른다. 하지만 그 동작 하나하나를 지켜보는 동안 도로봉에게는 이 구두의 목소리가 들리고, 그것에 이끌려가는 게 확실히 느껴졌다. 아니, 그렇게 생각할 수밖에 없었다.

"힘들었지."

도로봉이 말했다.

오하스는 옆에서 손을 내밀어 구두 옆에 있던 반으로 접힌 지갑을 집어 들었다. 안을 보고는 어엇 하고 놀랐다.

"뭔데 그래?"

"아 그게 말입니다, 마침 요즘 고전하고 있는 사건의 용의자 거라서요."

"호우."

나는 그렇게 맞장구쳤지만 다른 걱정을 하고 있었다.

도로봉에게 목소리가 들리는 물건은, 주인이 그 존재 자체도 기억하지 못해 없어진 것조차 모르는 것이다.

구두는 그럴 일 없겠지. 아무리 그래도 자신이 신었던 구두는 기억할 거고, 더구나 꽤 많이 닳은 걸 보면 주인이 오랫동안 소중하게 신은 듯하다.

"살인 사건입니다. 한 여성이 살해당했어요."

오하스는 누구에게랄 것도 없이 이야기를 꺼냈다.

"현장인 다세대 주택 가까이에서 목격된 사내가 잡혔어요. 분명 수상한 인물인데, 도무지 그 여성과의 관계를 모르겠단 말입니다. 다들 이 사건은 면식범의 범행이라는데, 그 사내, 그러니까 이 지갑이며 구두 주인과 피해 여성이 아는 사이였다는 증거를 하나도 찾지 못한 거죠."

"구두는, 뭐라고 말하는 거지?"

나는 도로봉에게 물었다.

"구두가 아닙니다."

도로봉이 말했다.

"구두가 아니다?"

나와 오하스는 동시에 신음했다.

"무슨 말이지?"

"목소리를 낸 건 구두끈입니다. 이제 괜찮아, 라고요. 계속, 이제 괜찮은 거지? 라고 말하고 있습니다."

"구두끈이?"

나는 그렇게 물었고, 오하스는 갑자기 버럭 소리를 쳤다.

"그게 무슨 의미가 있단 거지? 무슨 뚱딴지 같은 소리야. 구두든 구두끈이든 양말이든, 알 게 뭐야."

"전 무슨 의미인지, 그런 건 모릅니다. 다만 목소리가 들립니다."

도로봉은 전혀 동요하지 않고 말한다.

나는 눈짓으로 오하스를 제지시키고 말했다.

"한 가지 묻겠는데, 자네한테 들리는 건 없어져도 주인이 알아차리지 못하는 물건의 목소리다, 그렇게 말했지? 구두도, 구두끈도 계속 신고 있었던 건데, 주인이 그걸 기억하지 못할 수도 있을까?"

도로봉은 나를 보았다. 여느 때보다 다정한 눈빛이었

다. 도로봉이 물건에게 말을
건넬 때는 이런 눈을 하겠구
나, 싶었다.

"맞는 말씀입니다. 글쎄요."

도로봉은 구두끈을 매만지던 손을 천천히
움직이며 말했다.

"아, 이 부분. 아 그래! 목소리를 내는 건
구두끈이라기보다 이, 작은, 구두끈 끝인 것
같습니다."

우리는 일제히 머리를 맞댔다. 도로봉이 손
가락으로 잡고 있는 부분을 보았다. 끈이 구
멍에 잘 들어가도록 통처럼 둥글고 딱딱하게
만들어 놓은 부분.

"이 왼쪽 구두끈의 한쪽 끝만 엷은 핑크색
이군."

나는 말했다.

"어떻게 된 거지."

오하스가 말했다.

"아마도, 해진 걸 다시 딱딱하게 만들어

놓은 것 같은데요."

언제 왔는지 아사미 씨가 거기에 있었다.

"우왓, 언제부터 있었던 거죠?"

"너무하잖아요. 저만 빼놓고. 도로봉의 쇼를 놓칠 순 없죠."

"뭐어. 놀이가 아니라고!"

오하스는 눈을 부릅떴다.

"아마, 그 남자의 구두끈 끝이 해져서 너덜너덜했겠죠."

아사미 씨는 별안간 진지한 얼굴로 팔짱을 꼈다.

"그 여자가 그걸 알고 몰래 고쳐 놨을 거예요. 아마도 착하고 자상한 사람이었겠죠. 고치는 방법이 몇 가지 떠오르는데, 예를 들면."

"셀로판테이프로 감는 방법."

오하스가 말했다.

"접착제로 붙이는 방법."

나도 말했다.

"그래요. 근데, 핑크색이 살짝 묻어 있잖아요."

아사미 씨가 말했다. 갑자기 얼굴이 흐려졌다.

"그녀는 손톱에 칠하는 매니큐어를 칠해 놓은 거예요, 틀림없어요."

"감식해."

나는 말했다. 그만 큰 소리가 나오고 말았다. 아마 성분을 조사하면 피해 여성의 방에 있는 매니큐어 종류와 일치할 것이다. 그렇다면 사내와 피해자가 아는 사이라는 걸 증명할 수 있게 된다.

오하스는 도로봉에게서 조심스레 왼쪽 구두를 받아들고는 말했다.

"고맙군. 덕분에 살았어."

그러곤 총알같이 복도로 뛰어나갔다.

"놀라웠어."

나는 공부방에서 도로봉 맞은편 의자에 앉아 말했다.

"듣는 것과 보는 건, 하늘과 땅 차이인걸."

뒤에서 아사미 씨는 무슨 말인가 하려다 업무 중이라 생각을 고쳐먹었는지 공책을 팔락 넘겼다.

도로봉을 잡아둔 지 벌써 6일째.

유죄로 몰아가려는 생각은 거의 없어졌다.

무엇보다, 아무도 도둑맞았다는 사실조차 모르는데 그것이 나쁜 짓일까 싶었다.

오히려 도움이 되지 않는가.

이 세상에는 좋은 도둑도 있지 않은가.

나는 형사로서는 품어서는 안 될 감정에 사로잡혀 있었다.

방심해서는 안 된다. 아직 여죄는 많다. 그중에는 엄청난 범행이 있을지도 모른다.

"다른 걸 훔친 이야기를 들어 볼까."

나는 최대한 위엄 있는 목소리로 말했다.

"아마 스무 살이 넘었을 때일 겁니다."

도로봉이 입을 열었다. 특별히 깊이 생각하지도 않는 목소리로.

"전철이나 버스를 타고 멀리까지도 나가게 되었습니다."

도로봉은 부모님 집을 나와 혼자 살기 시작했다. 부품 공장 등 몇몇 직장을 옮겨다니며 일했다. 본 직업은 도둑이었기 때문에 평소에는 무슨 일을 하든 상관없었다.

다만, 직장에 있을 때 목소리가 들리면 작업에 지장을 주므로 가능한 부품이나 재료를 만드는 공장 쪽이 좋았다. 완성된 '물건'의 형태로 누군가의 소유물이 되기 전이니까 말이다.

변두리 공장에서도 더 들어가는 마을 끝자락.

수확이 끝난 텅 빈 채소밭이 펼쳐져 있었다.

버스는 종점에서 멈췄다. 내린 건 도로봉 한 사람뿐. 버스는 되돌아갔다. 몸은 제법 어른스러워졌지만, 회색 천 가방과 끈을 헐겁게 맨 잿빛 운동화는 그대로였다.

아직 봄이 오기 전이라 눈 녹은 물이 콸콸 소리를 내면서 용수로를 달렸다.

그 소리에 섞여,

아―이 아―이아―

뭔가에 항의하는 듯한 울음소리가 들린다.

보이는 것이라곤 온통 밭이었고, 멀리 드문드문 집이 보였다.

정말로 아주 멀리까지 들리는 목소리군, 하고 생각하

면서 도로봉은 걷기 시작했다. 몇 정류장이나 되는 거리까지도 들리다니.

똑바로 난 밭길을 걸어갔다. 시야를 가리는 게 없기 때문에 어디서나 눈에 잘 띄었다. 시골은 도로봉에게는 맞지 않았다. 시골에선 낯선 사람이 걸어만 가도 삽시간에 소문이 퍼진다. 하지만 도로봉은 보통 사람과 달라서 누가 봐도 공장에 다니는 어느 농가의 아들이 쉬는 날에 집에 다니러 온 것쯤으로 보였다.

낡고 커다란 집이었다. 검게 칠해진 판자가 빙 둘러싼 담 안을 들여다본다. 증축과 수리를 거듭하는 사이에 여기저기 틀어지거나 툭툭 튀어나와서 마치 집이 스스로 멋대로 자란 것 같은 이상한 모양이었다.

아주 멀리까지 들리던 그 목소리는 지금은 세상 모든 것에 호소하려는 듯 도로봉의 귀를 왱왱 울리고 있다.

그것은 마치 선거 유세차량이 내지르는 소리 같았고, 지금까지 들어본 적이 없을 정도로 요란해서 오히려 이 낡은 집의 어디에서 흘러나오는지 분간이 안 될 지경이었다.

도로봉 도로봉

도로로로

유리가 부딪치네 창유리

자동차가 굴러가네 바퀴

도로봉 도로봉

도로로로

도로봉은 그 우렁찬 목소리와 달리 아주 작은 소리로 주문을 외웠다. 째지듯 날카롭게 들리던 물건의 목소리가 그제야 라디오 주파수를 제대로 맞춘 듯 또렷해졌다. 그 목소리는 마치 밧줄처럼 한 줄기로 뒷뜰까지 쭉 이어져 있었다. 제대로 손질이 되어 있지 않은 넓은 정원은 감나무가 겹겹이 가지를 포개고 있어 대낮인데도 어두컴컴했다. 출입문도 여러 군데 있어서 어디가 현관이고 어디가 부엌문인지 알 수가 없었다.

도로봉은 더듬더듬 목소리의 흔적을 따라가 마침내 미닫이문 하나에 다다랐다. 젖빛 유리 문에 두 손을 대고 천천히, 작게, 돌리듯이 흔들었다. 찰칵 소리가 나고 열쇠 구멍에 꽂혀 있던 막대 열쇠가 빠져 안쪽으로 떨어졌다.

집 안은 마치 헛간 같았다. 확실치는 않지만 안쪽에 사람 사는 방이 있는 듯했다. 도로봉은 겹겹이 쌓인 수많은 상자와 묶여 있는 책더미 사이를 빠져나갔다.

계속된 증축으로, 여러 갈래로 뻗은 짧은 복도는 부엌으로 이어지거나, 혹은 욕실로 이어졌다. 순식간에 도로봉은 자신이 어디에 있는지 헷갈렸다.

마치 미로 같군, 하고 도로봉은 생각했다.

집 안에서 길을 잃기는 처음이었다. 어디로 들어왔는지 그마저도 가물가물했다. 이렇게 되면 여느 때처럼 비디오 되감기를 해서 밖으로 나갈 수도 없으리라.

눈앞에 계단이 나타났다. 단마다 물건이 놓여 있어서 발 디딜 곳이 없다.

맨 아래 단에 아-이, 아-이아-, 하고 외치는 목소리의 주인이 있었다.

낡은 우산. 골프채.

낚싯대. 스키 스틱.

길다는 것 말고는 공통점이 없는 물건들이 유리 우산꽂이에 아무렇게나 꽂혀 있었다.

되는대로 만든 꽃다발처럼 삐죽삐죽 튀어나온 기다란 물건들을 빼내어 세 번째 단에 있는 청동 쓰레기통에 모조리 다시 꽂아두었다. 마침내 온몸에 박힌 창을 뽑아내듯 하여 먼지를 뒤집어쓴 우산꽂이를 구해 냈다.

　　와ーーーーーーーーーーー아와ーーー아

　우산꽂이는 아주 기분 좋게 외치고는 그 뒤로 잠잠해졌다.
　그런데, 이 미로를 어떻게 빠져나가지.
　도로봉은 부피가 꽤 되는 우산꽂이를 억지로 쑤셔 넣어 불룩해진 잿빛 가방을 안고 곰  똘히 생각에 잠겼다. 하지만 걱정할 필요가 없었다. 출구와 다른 방향으로 가면 가방 안에서 우산꽂이가 우ー, 우ー 하고 소리 내어 가르쳐 줬기 때문이다.
　"너, 정말로 여기서 도망치고 싶었구나."

도로봉이 들어갔던 미닫이문을 통해 밖으로 나오자 겨울인데도 목에 땀이 흘렀다. 옷소매로 땀을 닦고는 물건이 든 가방을 팡팡 두드렸다.

　그날 저녁, 도로봉이 우산꽂이를 가져가자 장물아비 장무리는 전에 없이 허둥댔다.

　"너한테 말해 본들 이해 못할 테지만."

　장무리는 말을 이었다.

　"이건 아주 빼어난 아르누보야."

　"무슨 말인지 모르겠지만, 그렇게 대단한 건가요? 이 우산꽂이가."

　도로봉이 물었다.

　장무리는 깊은 한숨을 내쉬었다.

　"우산꽂이가 아니다. 꽃 그릇이야."

　"아, 꽃 그릇이요."

　"그래, 꽃병 말이다. 사실은 미술관에나 있을 법한 대단한 물건이지. 어이쿠 참, 한심해라. 아, 이건 너무 심한데. 이 녀석이 큰소리로 울었던 것도 당연해, 음 이해가 돼."

장무리는 금방이라도 부둥켜안을 태세로 그 꽃병을 뜨겁게 어루만지면서 말했다.

"그 무렵, 이런 것도 훔쳤습니다."

도로봉은 생각하고, 생각해 가며 찔끔찔끔 이야기를 꺼내 놓았다.

"도둑으로 살면서 본 저택 중에 가장 훌륭했습니다."

커다란 철제 대문이 있고, 대문에서부터 길이 얼마나 계속 이어지는지 실제 건물은 보이지도 않았다.

그 대문 너머에서,

크르르르르— 카르르라 으르르라—

하고 짐승이 적을 향해 으르렁거리는 듯한 무시무시한 소리가 울려 퍼졌다.

도로봉은 그 목소리에 이끌려 찾아왔건만 난감하게도 커다란 철제 대문 옆에는 경비원이 떡하니 버티고 서 있었다.

이제 어쩌지. 포기할까. 하지만 부르는 소리가 너무도 사나웠다. 예삿일이 아니라고 직감한 도로봉은 전신주 뒤에서 한동안 지켜보기로 했다.

얼마나 지났을까, 스르르 대문이 열렸다. 검은 차가 묵직한 타이어 소리를 내면서 문밖으로 코끝을 드러냈다.

도로봉 도로봉
도로로로
웃으면 복이 주렁주렁
찡그리면 주름이 쭈글쭈글
도로봉 도로봉
도로로로

도로봉은 자기도 모르게 주문을 외웠다.

마음을 감싸고 있던 껍질이 한 장, 두 장, 세 장……
벗겨지듯 떨어져 나간다.

도로봉은 걷기 시작했다. 어느새 경비원 옆을 지나서
당당히 열린 대문을 통해 안으로 들어가고 있었다.

"설마."

엉겁결에 나는 끼어들었다.

"어떻게 그런 일이."

"저도 잘 모르겠습니다만."

도로봉이 말했다.

"혹시, 항상 저택에 드나드는 사람 중 하나라고 생각했던 게 아닐까요."

나는 그만 고개를 끄덕이고 말았다.

틀림없이 그랬을 것이다. 도로봉은 누구와도 닮지 않았다. 그런데 어디선가 본 듯하다. 아니다, 자신이 알고 있는 이 세상 누구와도 닮지 않아서 오히려 그렇게 보일지도 모른다.

어디선가 본 적이 있을지도 모르는, 하지만 누구도 아닌 누군가를 그림으로 그려 주세요. 그렇게 부탁한다면 모두가 도로봉 같은 남자를 그리지 않을까 싶다.

그것은 이 세상에서 가장 소박하지만, 가장 무서운 초능력이라고 할 수도 있겠다.

대문에서 저택으로 이어지는 길에는 곰이며 독수리며

용이며 양과 같은 동물 모양으로 다듬어 놓은 정원수가 늘어서 있었다. 마치 크르르르-, 카르르라-, 으르르라- 하는 성난 소리를 그 동물들이 내지르는 것 같았다.

저택에 다다랐다. 올려다볼 정도로 거대한 문짝. 하지만 여기는 문이 잠겨 있지 않았다.

두 손으로 나무 손잡이를 잡고 힘껏 잡아당기자 마치 동물원의 우리를 연 것처럼 으르렁거리는 소리가 왈칵 밀려들었다. 도로봉은 그 목소리를 뒤집어쓴 것만으로도 이빨에 물린 것처럼 아픔이 온몸으로 퍼져 나갔다.

으르렁대는 소리를 내지른 것은 현관 벽에 걸린, 방 하나쯤 되는 크기의 어떤 그림이었다.

크기는 어마어마했고, 박력이 있었다. 하지만 예술에 관해서는 문외한인 도로봉도 그닥 수준 높은 그림은 아니란 걸 알 수 있었다. 갈색과 파란색 유화 물감이 파도치듯 칠해진 걸로 보아 땅과 바다가 아닌가 싶었다. 하지만 솔직히 무엇을 그렸는지 알 수 없었다. 짐승이 으르렁거리는 듯한 소리는 그칠 줄을 몰랐다. 그 넓은 캔버스가 흔들릴 만한 압력으로 계속 터져 나왔다. 귀를 막고 싶었다. 그것이 울부짖을 때마다 줄로 피부를 깎아 내는 것 같았다. 도로봉을 적으로 간주하고 있는지도 모른다.

크르르르 으르르라

으르렁거림은 말이 되지는 못했다. 다만 나는 여기 있다, 줄곧 여기에 있고 싶다, 계속 있고 싶다는 집념이 넘치는 듯했다. 괴로워 보였다. 하지만 어릴 때, 어머니 앞에서 자살한 그 꽃병 때처럼 검은 연기는 보이지 않았다.

이 그림은 자신을 훔치는 것에 저항하는 거다.

하지만 여기에 있으면 처분된다는 것을 알기에 여기에 계속 있고 싶지는 않은 것이다.

도로봉은 생각한다.

문제는 이 그림을 누구의 눈에도 띄지 않게 훔쳐내는 게 불가능하다는 걸.

도로봉은 허물을 벗는 뱀처럼 손도 대지 않고 스르르 운동화를 벗고 커다란 홀과 부엌 등 인기척 없는 곳을 살금살금 다니며 둘러본다.

이 저택이 커다란 숲이라면 주인은 지금 여기 없다. 그건 느낌으로 알 수 있다. 주인이 있는 숲과 없는 숲은 공기가 확연히 다르기 때문이다. 하지만 어쩌면 가사 도우미나 일하는 사람이 있을지도 모르기 때문에 주의를 게을리해선 안 된다. 도로봉은 그 나이까지 온갖 것을 훔치며 쌓아 온 경험으로 지금은 그것을 감지하는 감각이 예리하게 발달했다.

방은 훌륭한 저택에 어울리게 호화로웠지만 선반 곳곳이 텅 비어 있거나, 가구라도 있었을 법한 공간이 부자연스럽게 비어 있었다.

도로봉은 여느 때처럼 비디오테이프 되감기로 현관을 나와 문을 닫았다.

"급히 구할 게 있는데요."

도로봉은 장물아비에게 달려가 다짜고짜 말을 꺼냈다.

"이 가게에는 없을지도 몰라요."

"웬만한 건 다 구해줄 수 있다네. 걱정하지 말라고."

장무리가 안에서 어슬렁어슬렁 나오며 말했다.

만난 지 10년이 지났지만 거의 변한 게 없었다. 그에게서는 좋은 도구를 제대로 사용할 때 나오는 박력 같은 게 느껴졌다. 다만 한동안 이발소에 가지 않았는지 스포츠머리가 그대로 자라 있었다.

"이런 장사를 하면 다양한 루트가 있는 법이거든."

도로봉은 필요한 물건을 이야기했다.

"허허. 그 정도야 간단하지."

"언제 구할 수 있죠? 서둘러야 할 것 같아서요."

"물건의 목소리가 다급한가?"

장무리가 말했다.

"내일, 다시 오게."

이튿날, 도로봉은 장물아비를 찾아가자마자 곧바로 이삿짐센터 유니폼으로 갈아입었다.

"참으로 놀라워."

장무리는 무척 놀란 모양이었다.

"자네를 알고 있는 내 눈에도 영락없는 이삿짐센터 직원으로 보인단 말이야. 엄마 배 속에서부터 그 위아래 달린 작업복을 입고 나온 것 같군그래."

도로봉은 함께 건네받은 접이식 사다리와 그림을 포장할 기름종이와 밧줄을 안고 다시 저택으로 향했다. 이번에는 대문 경비원에게 버젓이 인사까지 하고 집 안으로 들어갔다. 그리고 으르렁거리는 그림을 떼어낸 뒤 조심스레 포장하여 밖으로 가지고 나온 것이다.

"수고하셨습니다."

경비원이 경례까지 척 하고 붙였다고 한다.

"자네의 도둑 인생 중에 제일 큰 물건일지도 모르겠네만."

가게 안이 좁아 전체를 볼 수 없었기 때문에 주차장으로 쓰고 있는 뒷뜰로 그림을 가지고 나갔다. 장무리는 그림을 담벼락에 세워놓고 열 걸음쯤 떨어져 서서 팔짱을 낀 채로 지그시 바라보고 나서 말했다.

"유감이지만 풋내기의 싸구려 그림이야."

"싸구려 그림이라뇨?"

도로봉은 물었다.

"아무런 가치도 없다는 뜻이지."

장무리는 도로봉을 보지도 않고 말한다.

"그 말은, 안 받아주겠다는 거예요?"

도로봉은 불안해졌다. 그렇다면 이 그림이 갈 곳은 덩치 큰 쓰레기가 모이는 쓰레기장뿐이다. 괜히 훔쳐 냈다. 자신이 들은 건, 쓰레기로 처분될 물건이 내지르는 잔뜩 성난 목소리였던 것이다.

"기필코 살아남고 싶었던 것 같은데."

도로봉은 드문드문 잡초가 나 있는 딱딱하게 마른 땅을 운동화 앞코로 툭툭 치면서 말했다.

"이 그림은 말이지, 어쩌면 살아남고 싶은 게 아닐지도 몰라."

장무리는 팔짱을 낀 채로 자갈을 까드득까드득 울리며 그림 쪽으로 걸어가 차분하게 꼼꼼히 보면서 말했다.

"주인은 죽은 뒤에 뭔가를 남기려고 이 그림을 그린 거야. 그렇게라도 하지 않으면 끝날 것 같지 않은 무슨 끔찍한 일이 있었던 거지. 죽어 버리면 자신이 이 세상에 있었던 증거가 아무것도 없다는 생각에 마음을 다해서 그렸겠지. 이 그림은 주인의 그 마음이 사라지지 않게끔 지키고 싶어서 필사적으로 짐승처럼 울부짖었던 거고."

"하아."

도로봉은 한숨을 쉬었다.

"그 말이 맞아요. 틀림없어요. 아저씨도 물건의 마음

을 아시는군요."

"아니 뭐, 그런 건 아니고."

장무리는 멋쩍은 듯이 머리를 긁적였다.

"못 받겠다는 말은 안 했네. 이 그림의 수준이 어떤지는 모르지만 일단은 빈 벽에 큼직한 그림을 걸어두어야 직성이 풀리는 돈 많은 손님은, 어디나 있는 법이거든."

그리고 장무리는 뜻밖에 높은 가격을 제시했다.

"그렇게나요! 그래도 돼요?"

도로봉은 깜짝 놀랐다.

"암! 아무럼."

장무리는 세워 놓은 그림을 등지고 돌아보더니 빙그레 웃었다. 그러고는 손가락을 세워 액자에 조각된 목각 문양을 따라 덧그렸다.

"솔직히 말하면, 값이 꽤 나가. 이 액자 말이야."

장무리의 뒷배경이 된 갈색과 파랗게 파도치는 선이 항의하듯 다시 으르렁거렸다.

일곱째 날

그렇게나 커다란 그림이 사라졌는데 아무도 알아차리지 못할 수가 있을까. 나는 의심스러워서 탐문 조사를 해 보기로 했다.

그리고 알게 된 사실은, 그 저택의 주인이 죽자 아들 셋이서 재산 싸움을 벌이는 중이었다는 것. 하지만 그 그림은 죽은 노인이 취미 삼아 그렸던 것이라 다들 처치 곤란해하며 아무도 물려받으려 하지 않았다. 어느 날, 그림이 없어진 것을 알게 된 아들들은 저마다 형제 중 누군가가 가져갔다고 멋대로 생각하고 오히려 후련해했다는 것.

"그것도 도둑맞은 걸 아무도 몰랐어."

오하스는 닭고기달걀덮밥을 입에 그러넣고 우적우적 씹으면서 이렇게 말했다.

"대단하군. 도로봉의 그 재능을 수사에 이용할 순 없을까요?"

나는 달걀덮밥 그릇을 든 채로 생각해 봤다.

"흐음, 본인이 자신의 의지로 쓸 수 있는 게 아니라서 아마 안 될걸."

"하지만 덕분에 얼마 전 사건은 깔끔하게 해결했습니다."

오하스는 젓가락으로 한꺼번에 단무지 세 개를 집어 그걸 입에 던져 넣었다. 용광로에 철광석을 던져 넣듯이.

통칭 '달걀덮밥 모임'이라고 부르는 이 만남은 나와 오하스가 정보교환을 위해 만든 것. 주 1회 정도, 경찰서 근처 국숫집에서 만나고 있다.

"그땐, 정말 우연이었지. 일부러 짜 맞추려 해도 그렇게 하긴 어려웠을 거야. 게다가."

나는 마음에 걸리는 점을 말했다.

"그 능력이 점점 약해지는 게 아닌가 싶거든."

덮밥그릇을 높이 치켜든 오하스의 손이 딱 멈췄다. 그릇에 박힌 푸른 산 그림에, 유리창 너머로 비쳐드는 장마 끝의 햇살이 가닿았다.

"왜 그렇게 생각하시죠?"

"확실한 근거는 없어. 하지만 이번 구두끈 건만 봐도 그래. 매일같이 취조받으러 올 때마다 그 복도를 지나다

넸으니까, 좀 더 일찍 목소리를 들었어야 하는 게 아닌가 싶거든."

나는 계속했다.

"게다가 지금 생각하면 도로봉을 잡은 날, 그 녀석은 빗속에서 잠긴 문을 여는데 꾸물꾸물 시간이 걸리는 것 같아 보였지."

비 내음이 폴폴 나던 그 날. 주위는 수국에서 번져 나온 보랏빛으로 물든 것 같았다. 그 속에 있던 도로봉은 나를 만나자마자 포기한 듯 도망도 치지 않고 자청해서 내 앞으로 두 손을 내밀었다.

"그랬군요. 그렇다면 아까운걸요."

오하스는 말했다.

"도둑이든 뭐든 상관없습니다. 이용할 수 있는 건 다 이용하면 되는 거죠. 선배님, 그 야채절임, 안 드십니까?"

"먹을 거야."

나는 대답했다. 이용할 수 있는 건 다 이용한다. 나는 그 말에 동의할 수 없다. 형사로서 안일한 건지도 모른다. 하지만 도무지 수긍이 안 되는 부분이다.

"전 또 안 드시는 줄 알았죠."

"자네가 너무 빨리 먹는 거지."

"선배님이 느린 겁니다. 명색이 형사인데. 너무 곱게 자라신 거 아니에요?"

나는 발끈한다.

"걱정도 팔자군. 그리고 말야, 달걀덮밥 모임인데 자넨 왜 닭고기달걀덮밥이야. 달걀덮밥 모임이란 이름도 자네가 붙였잖나."

"선배님이 달걀덮밥밖에 안 드시니까 그렇게 붙인 겁니다. 전 별로 안 좋아합니다."

"뭐야? 여태 맛있게 잘만 먹던데."

"선배님보다 비싼 거 주문하는 게 눈치 보여서 맞춰 드린 것뿐이죠."

"그럼, 지금까지 참았다는 건가?"

"그렇습니다. 말이 나왔으니 말이지, 전 닭고기달걀 덮밥을 훨씬 더 좋아합니다."

"무슨 소리야!"

나는 그만 목소리가 거칠어졌다.

"달걀덮밥에 사과해."

"그나마 생각해서 닭고기달걀덮밥으로 끝난 겁니다. 오히려 저한테 고마워해야 합니다. 사실 전 튀김덮밥이나 돈가스덮밥 급의 사람이라구요."

"알았어, 달걀덮밥 모임은 오늘부로 해산일세."

나는 나무젓가락을 탁 놓았다.

"도로봉의 능력이 밝혀진다 해도, 자네 같은 사람이 이용하게 두진 않아."

그런 이유로, 그날 취조에 오하스는 나타나지 않았다.

"오늘은, 오지 않나 보네요."

아사미 씨가 말했다.

"바쁜가 보지 뭐. 원래 이 사건 담당도 아니고."

나는 퉁명스레 대꾸했다.

"무슨 일이지. 도로봉의 비밀을 밝혀내겠다고 그렇게 큰소리쳐 놓고선."

"그런 소리까지 했어?"

더더욱 부아가 치밀었다. 도로봉을 멋대로 이용하려고 했던 것도 그렇거니와 아사미 씨와 친밀하게 그런 이야기를 나눴다는 자체에.

"도로봉의 능력은 말야, 알면 알수록 아무짝에도 소용이 없는 거라고."

나는 도로봉이 앉을 책상에 앉아 등을 돌렸다.

"그쪽에서 목소리가 들려오기 전까지는 아무것도 못 해. 그저 기다릴 뿐이지. 그걸 어떻게 수사에 이용해. 그리고 더 중대한 문제는 도로봉이 한 일이 정말 범죄에 해당하는지, 나도 자주 헷갈린다는 거야."

"잘못한 건 없는 것 같은데요."

"하지만 도둑질은 도둑질이야."

나는 아사미 씨를 돌아보고 단호하게 말했다.

"형사로선 간단히 용서할 수 없는 일이지. 천 건이나 했다면, 개중에는 돈을 노리고 저지른 절도도 있을 테고. 강도질을 했을지도 모르잖아. 철저히 조사해 주지. 난 결코 만만한 사람이 아니라고."

그때 도로봉이 들어왔다.

여느 때처럼 내 맞은편에 앉았다.

이상하게도 만날 때마다 이 녀석이었던가, 하고 생각하게 된다. 어제까지의 인상이 다음 날에는 희미해지는 것이다. 조금 추웠던지 길지도 짧지도, 가늘지도 굵지도 않은 전혀 특징이 없는 양손 손가락에 후우 하고 입김을 불었다. 그런 도로봉에게 말했다.

"자아, 시작하지. 지금까지 훔친 것 중에서 가장 값나가는 물건은 뭐였지?"

"이건 최근 일입니다."

도로봉은 물에 뜬 꽃잎이 저절로 흔들리는 것처럼 이야기를 시작했다.

고층 빌딩들이 서로 키 재기 하는 도심. 차들이 지나다니는 큰 도로를 건너 선로 차단봉을 빠져나가자 갑자기 분위기가 확 바뀌었다. 빛바랜 책을 세모나게 펼쳐 놓은 듯한 나직한 집들이 옹기종기 모여 있었다.

칫 칫 칫

희미하지만, 규칙적으로 혀를 차는 듯한 소리가 어디에선지 모르게 새어 나오고 있었다.

물건에 따라서는 목소리뿐 아니라 빛이 느껴지는 일이 있다. 그날은 꽤 강한 빛이 도로봉을 부르고 있었다.

흐린 날이었으니 저녁노을을 착각했을 리도 없다. 오렌지색 빛이 숨을 쉬듯이 어디선가 천천히 깜빡거리고 있었다. 그것이 키 작은 집과 집 사이의 함석 칸막이와 유리창에 반사되어 주위를 엷게 물들여 놓았다.

도로봉 도로봉 도로로로
바닷가에서 낙타가 물놀이
사막에서 물고기가 모래놀이
도로봉 도로봉
도로로로

낡은 다세대 주택 3층. 문 앞에 세탁기가 놓여 있는 게 보인다. 그 문을 에워싸듯 오렌지색 빛이 네모나게 새어 나오고 있었다. 도로봉은 언제나 메고 다니는 가방을 등 뒤로 돌리고는 그냥 걸어도 요란한 소리가 나는 철제 계단을 마치 에스컬레이터를 탄 것처럼 스르르 올라갔다.

뭔가를 했는지조차 알아차리지 못할 정도로 순식간에 잠긴 문이 열렸다. 하지만 우편물이 꽂혀 있는 얄팍한 문짝을 앞으로 잡아당기자 물건의 목소리도, 빛도 숨어

버리듯 사라져 버렸다.

　그런데. 이런 일은 별로 없는데. 도로봉은 생각했다.

　데려가 주길 바라는 건가, 아닌 건가.

　도로봉은 다시 주문을 외운다.

　도로봉 도로봉 도로로로

　코끼리는 쥐색

　커피콩은 진갈색

　도로봉 도로봉

　도로로로

　칫 칫 칫

　현관 신발장 위. 목소리
를 낸 것은 자그마한 목각
곰이었다.

　도로봉은 순간적으로 이
곰이 내는 목소리가 아니
란 걸 알아차렸다.

이유는 모른다.

이 목각 곰이 낼 만한 목소리가 아니기 때문에, 라는 말밖에 할 수 없었다.

조심스레 곰을 뒤집어봤다. 바닥에 접착테이프가 붙어 있었다. 도로봉은 집중했다. 시간이 딱 멈춰버린 듯했다. 눈에 보이지 않을 정도로 눈곱만큼씩 접착테이프를 떼어 나갔다.

도로봉은 숨을 내뱉었다. 테이프는 자국을 전혀 남기지 않고 사르르 떨어졌다. 울음소리가 높아진다. 곰의 밑바닥에 구멍이 뚫려 있었다. 목소리의 주인은 그 안에 숨겨진 열쇠였다.

그것을 꺼낸 도로봉은 소스라치게 놀랐다. 손 안에서 뭔가가 빠져나간 것처럼 빛도, 목소리도, 기척도 없는, 평범한 열쇠가 되어 있었다.

도로봉은 고개를 갸우뚱했다.

손바닥에 올려놓고 말끄러미 보았다.

손가락으로 집어 들고 살랑살랑 흔들었다.

마지막에는 조개껍데기로 파도 소리를 들을 때처럼 귀에 대봤지만, 빈 껍데기인 양 아무 소리도 나지 않았다.

이런 일은 처음이었다.

마음이 바뀌어 훔쳐 주지 않기를 바라는 것이다.

그냥 한번 놀려본 것뿐이다.

이유야 어쨌든 나가고 싶지 않은 물건을 억지로 데리고 나가는 것도 내키지 않았다.

도로봉은 비디오테이프 되감기를 시작했다. 열쇠를 목각 곰 안에 다시 넣고, 접착테이프가 떨어지지 않도록 딱 붙인다. 손을 뒤로 돌려 문을 연다.

밖에서 눈을 뜰 수 없을 정도로 강한 빛이 쐬이아 쏟아져 들어왔다. 현관과 도로봉을 오렌지색으로 감쌌다. 눈을 감고 문을 밀고 밖으로 나와 복도 난간에서 몸을 내밀었다. 빛은 다세대 주택 앞 주차장에서 나오고 있었다.

그렇구나. 정말로 훔쳐 주길 바라는 것은 내가 아니야. 열쇠는 그 말을 하려고 했던 것이다.

칫 칫 칫

그 빛이 쏟아지자 다시 목각 곰 안에서 열쇠가 울기 시작했다.

"흐음, 아무리 그래도 이건 좀."

도로봉이 타고 온 새빨간 스포츠카를 본 장무리가 난감한 얼굴을 했다.

"차는 받기 어려운가요?"

도로봉이 물었다. 상가의 장물아비 가게 앞에 멈춘, 주위와 전혀 어울리지 않는 세련된 외제 차에서 썩 당당해 보이지 않는 도로봉이 내렸을 때, 장무리는 웃음을 참느라 얼굴을 일그러뜨렸다.

"물론 어려울 건 없네. 다만 말이야, 보통은 도난 차량 같은 위험한 물건은 취급하지 않지."

"위험한 물건."

"차를 도둑맞고도 가만히 있을 사람은 없으니까 말이야. 당연히 죽어라 찾겠지. 실제로 경찰서에 신고도 할 거고. 하지만 자네가 가지고 오는 물건은 지금까지 한 번도 꼬리가 잡힌 적이 없어. 마치 도둑맞은 걸 아무도 모르는 것처럼 말이지. 틀림없이 이번에도 뭐 괜찮겠지.

그럴 것 같단 말이야. 왜 그런지는 모르지만."

먼지를 뒤집어쓰긴 했지만 그래도 좋은 차군, 하고 차를 한 바퀴 빙 둘러보고 장무리는 말했다.

"휴우, 살았어요."

도로봉이 말했다.

"저도 차를 훔치는 건 처음이라서요. 처음 타 보는 건데, 잘 가르쳐 줘서 여기까지 운전하고 올 수 있었어요."

"가르쳐 주다니, 누가?"

도로봉은 열쇠 든 손을 장무리의 눈앞에 내밀었다.

"그러니까, 이 열쇠가 자네한테 운전을 가르쳐 줬다 이 말인가?"

도로봉은 고개를 끄덕였다.

"정말로 자기 차에 대해 잘 알고 있었어요."

"열쇠가 말인가?"

"열쇠가요."

장무리는 확인 삼아 한 번 더 물었다.

"열쇠가 말인가?"

"열쇠가요."

장무리는 휘이휘이 떨쳐내듯 눈앞에서 손짓하고는 말

했다.

"알았어. 너는 일일이 놀라지 않겠네. 아무튼 믿기로 하지. 도둑을 믿는다는 게 말이 되는지는 모르겠네만."

장무리는, 자신이 먹은 게 채소인지 고기인지 아리송했을 때처럼 어떻게도 표현할 수 없는 얼굴로 열쇠를 받아들고는 차를 돌려 가게 뒤 빈터로 갔다. 고급 타이어에 밟히는 자갈이 전에 없이 좋은 소리를 냈다. 빨간 스포츠카의 운전대를 잡고 있는 운동복 차림에 스포츠머리 아재는 도로봉보다 훨씬 더 어울리지 않았지만.

설마하니 도난 신고가 들어오지 않았으려고.

나는 생각했다. 마침내 도로봉을 절도죄로 입건할 수 있을지도 모른다. 다른 부서에 조사를 의뢰하기 위해 일어나려는데.

"저어."

아사미 씨가 내 뒤에서 의자를 빼는 소리가 났다.

보통은 조사 중에 기록 담당원이 말을 건네는 일은 없다. 나는 엉겁결에 몸을 뒤로 젖혔다.

"그 다세대 주택의 문패, 기억하고 있어요?"

도로봉의 시선은 나를 넘어 일어서 있는 아사미 씨를 똑바로 향해 있다.

"예에."

도로봉은 조금 생각하고 나서 말했다.

"아, 생각났습니다. 평소에는 문패를 주의해서 보는 일은 없는데, 그때는 좀 특이하다는 생각이 들었습니다. 성이 아니라 여자 이름이 쓰여 있었으니까요."

"아사미, 라고 씌어 있지 않았나요?"

"그랬습니다."

나는 혼란스러웠다. 아사미 씨를 보고, 도로봉을 보고, 탁구 심판처럼 몇 번이나 뱅글뱅글 번갈아 보았다.

"그거, 이름이 아니라 성이에요."

아사미 씨가 말했다.

"틀림없어요. 저희 언니 집이에요."

"언니는 괴로워했어요."

아사미 씨가 이야기하기 시작했다.

언니가 사귀는 남자는 수상쩍은 일에 손을 대고 있었다. 하지만 결혼 이야기가 나오자 앞으로 위험한 일에서 손을 떼겠다고 약속했다. 언니는 진심으로 믿지는 않았지만 일단 안심했다. 하지만 결혼을 코앞에 두고 남자가 사라지고 말았다.

차는 약혼자의 것이었다. 언니는 돌아오지 않는 남자를 하염없이 기다렸다. 자기와 결혼하기 싫어서 도망갔다고 생각했다. 본래 그런 사람이기 때문이다. 한 가지 걱정은 혹여 무슨 사건에 휘말리지나 않았나 하는 것. 그런 이유로 모습을 감추었다면 자신이 남자를 포기하는 건 미안한 일이었다. 그래서 무사히 돌아오기만을 기도했다.

"언니를 속이고 도망간 게 틀림없어요."

아사미 씨는 말했다.

"저는 경찰관이라 조금은 알 수 있었어요. 하지만 언니는 가능성이 털끝만큼이라도 있는 한 포기할 수 없었나 봐요. 나쁜 패거리에게 붙잡혀 돌아오지 못하는 거라고 생각했죠."

2년의 세월이 흐르자 언니에게도 새로운 인연이 생겼다. 이제 그만 잊으라고, 아사미 씨는 언니를 설득했다. 그래도 언니는 계속 기다렸다. 이용하지도 않는 차의 주차료를 계속 내고 있었다. 위자료 대신으로 팔아 치우라고 아사미 씨는 말했지만 남자 이름으로 등록돼 있었기 때문에 함부로 팔아 버릴 수도 없었다.

"아마도 언니가 야근하고 늦게 돌아온 날이었을 거예요. 계단을 올라가면서 뭔가 이상하다 싶었는데 차가 없어졌더래요. 언니는 그 자리에 주저앉아 울어 버렸대요. 아, 몰래 차를 가지러 왔다 갔구나, 그 사람은 살아 있구나, 하고 안심이 됐던 거죠. 스스로 도망갔단 걸 알게 됐는데도, 아무튼 무사하다는 안도감에 정말 기쁘더래요."

언니는 지난 일을 툭툭 털고 지금은 새로운 남자친구와 행복하게 살고 있다고 한다. 아사미 씨의 목소리는 갈라져 있었다. 정말 다행이에요, 히고 아사미 씨가 말했다.

"고맙습니다. 차를 훔쳐 줘서."

여덟째 날

다음 날도 마찬가지로 우리는 취조

를 계속했다. 취조를 한다지만 어디까지가 업무인지 가늠하기 어려웠다. 잠들기 전에 어린아이가 이야기해 달라고 조르듯 나는 질문하고, 아사미 씨는 기록했다.

신기하기 그지없는 이야기는 여전히 이어졌다.

소방서에서 사용하지 않는 오래된 검정 전화기를 훔쳐낸 이야기.

찻집에서 물도 물고기도 없는 커다란 수조를 훔쳐낸 이야기.

유치원에서 잘못 쓴 졸업증서를 마흔 장이나 훔쳐낸 이야기.

이야기 하나하나에 절로 고개가 끄덕여졌고, 그 내용은 하나같이 색다른 것이었다. 도로봉은 변함없이 담담하게 마치 전기 청소기의 설명서라도 읽어 내려가는 모습이었지만.

흥미가 동했지만 한편으로는 이야기를 들을수록 궁금해지는 부분도 있었다.

들으면 들을수록 도무지 이해할

수 없는 것.

"자네는 왜 내게 붙잡힌 거지?"

도로봉이 얼굴을 들었다. 여전히 무표정해서 어떤 감정도 읽을 수 없었다.

"그만한 능력이 있으니 도망칠 수도 있었을 테고, 뭣보다 그때는 아직 남의 집에 들어가기도 전이었는데?"

내가 물었다.

"혹시 능력이 사라진 거 아닌가?"

검은자위가 더 많은 도로봉의 가느다란 눈이 더욱더 가늘어졌다. 취조를 시작한 뒤로 유일하게 보인 감정다운 감정이었다.

"능력이랄까, 물건의 목소리가 잘 들리지 않는 건 학실합니다."

도로봉이 말했다.

"하지만 완전히 잃은 건 아닙니다. 그때처럼, 구두끈이 내는 목소리 정도는 아직 들리니까요."

뒤에서 아사미 씨가 숨죽이는 기척이 느껴졌다.

"역시 그랬군. 하지만 일부러 경찰에게 붙잡힐 것까지야 없지 않나?"

"꼭 그 이유만은 아닙니다. 훔치는 게 옳은지 옳지 않은지 알 수가 없었습니다."

도로봉이 말했다.

"그럼 지금까지는 옳다고 생각했나?"

내가 물었다.

"옳은지 옳지 않은지, 그런 건 생각해 본 적도 없었던 것 같군요. 물건의 목소리가 들렸고, 나는 거기에 응했을 뿐이니까요. 다만 잘못된 건 아니라고 생각했습니다."

"그럼, 알 수 없게 된 계기가 뭐지?"

내가 물었다.

도로봉은 언제나 즐거워 보이고, 언제나 슬퍼 보인다. 밝게 보이고, 어두워 보인다. 희망에 차 보이고, 절망에 차 보인다. 감정을 드러내지 않고, 특징도 없기 때문에 누구의 기억에도 남지 않는다. 다시 말해 천재 도둑의 얼굴이다. 하지만 그때의 도로봉은 비로소 무슨 이유에서인지 괴로워 보였다.

"아마도 훔쳐서는 안 될 것을 훔쳤기 때문일 겁니다."

"그게 뭐죠?"

뒤에서 아사미 씨의 목소리가 났다. 돌아보니 기록관의 역할을 망각한 채 일어서 있다.

"요조라입니다."

도로봉이 말했다.

그것은 반년쯤 전, 어느 푹푹 찌는 여름밤의 일. 소나기가 내린 뒤였다.

도로봉이 사는 다세대 주택에서 꽤 멀리 떨어진 동네였다. 몇 번 와 본 동네였지만, 그 전에는 거의 가 본 적이 없는 언덕배기의 복잡하게 뒤얽힌 주택가.

처음에는 바람 소리거나 강이 내는 소리라고 생각했다.

도로봉은 언덕을 따라 계단식으로 늘어선 집과 아파트에 있는 나무와 전깃줄을 둘러보았다.

바람은 불지 않았고 주위에는 강도 보이지 않았다.

ㅅ ㅇ ㅇ ㅅ ㅇ ㅇ

목소리라기보다 뭔가에 스치는 잡음 같았다.

그것이 어딘가에서 희미하게 메아리치고 있었다.

달이 머리 정수리 위에 환하게 걸려 있었다. 그 달이 목소리를 낸 거라면, 그런 목소리일 수도 있겠구나, 싶을 정도로 신기한 울림이었다.

달빛이 미지근한 공기에 스며들기 시작했다. 그 목소리에 이끌리듯 밤의 밑바닥을 걸어가자 어떤 건물 하나가 기다리고 있었다.

아픈 듯이 드러나 있는 콘크리트 표면이 무더위에 나뒹구는 뼈다귀처럼 희끄무레했다. 항구의 화물 컨테이너를 어린아이가 대충 쌓아 올린 듯한 7층짜리 아파트.

스ㅇㅇ 스ㅇㅇ

주위를 몇 번 둘러보았다. 포착하기 어려운 목소리였지만 가장 가까이 들리는 곳을 찾아 귀 기울이며 아파트 주위를 몇 번이나 둘러보았다. 마침내 북쪽의 어느 집에서 나오는 걸 감지했다.

입구는 유리로 된 자동문. 초록이 짙은 나무 그늘에서 도로봉은 자동문의 구조를 살폈다. 열쇠만 가까이 대면 센서가 작동해 열리는 구조였다. 하지만 열쇠구멍도 있었기 때문에 시간을 들이면 열 수도 있을 것 같았다.

때마침 학원에서 돌아오는 듯한 아이와 엄마가 나타났다. 삐익 소리가 나고 자동문이 열렸다. 도로봉은 당당하게 뒤따라 들어갔다. 그 아이와 엄마는 틀림없이 도로봉의 얼굴을 기억하지 못할 것이다. 누군가가 있었다는 사실마저 잊었을지도 모른다. 물론 입구 천장에 있는 감시 카메라에는 도로봉의 모습이 찍혔을 것이다. 하지만 여느 때처럼 도둑이 들어왔다는 것조차 아는 사람이 없기 때문에 그 녹화 테이프를 조사하는 일은 없을 것이다.

도로봉 도로봉
도로로로
꿈 그림자에는 꿈 없고
그림자 꿈에는 그림자 없지
도로봉 도로봉
도로로로

가만히 귀를 기울인다.

팽이나 선풍기가 돌아가기 시작할 때 나는 소리가 들

리고는 이후로 사라져 버리는 일이 있다. 하지만 귀에 들리지 않을 뿐이지 소리가 나는 것은 느껴진다.

그렇게 도로봉의 귀는 스멀거리는 소리를 느끼고 있었다.

엉킨 끈이 풀릴 때, 사실 소리 따위는 나지 않지만 스르륵 하는 소리를 느낄 때가 있다.

도로봉의 귀는 그런 식으로 다가오는 소리의 끝을 포착했다.

계단을 올라간다, 내려간다, 또 올라간다. 여기가 아니다. 몇 번을 오르락내리락하면서 조금씩 소리가 새어 나오는 곳을 좁혀 나간다.

그 층에서 저절로 걸음이 멈췄다. 일정한 간격으로 늘어선 문들을 물끄러미 바라본다.

이 집이다.

문에 있는 두 개의 열쇠구멍, 그중 하나만 잠겨 있다. 철사로 문을 연 뒤에 가방에 집어넣고 문을 조금 열어 소리 내지 않고 스르르 안으로 들어간다. 센서로 현관불이 켜진다. 신발이 흐트러져 있다. 여자 혼자 사는구나, 라고 생각하며 운동화를 훌렁 벗어 던진다.

스ㅇㅇ 스ㅇㅇ

소리가 되지 않는 물건의 목소리.

도로봉은 과학 실험 때 쓰는 소리굽쇠라도 된 양 귀를 기울여 소리에 몸을 공명시켰다.

소리 나는 쪽으로 절로 몸이 이끌려간다. 썰물 때, 신기한 힘으로 바닷물이 먼바다를 향해 멀어져 가듯이.

아무런 망설임 없이 맨 끝에 있는 방을 향해 걸어갔다. 너무도 자연스러워서 만일 모르는 사람이 봤다면 도로봉의 집이라고 생각했을 게 틀림없다. 도로봉은 복도에 먼지가 살포시 앉은 걸 보고 발자국이 남지 않을까 걱정스러웠다.

손잡이가 희미하게 덜컥 하고 울린다. 복도 끝에 있는 방문이 안쪽으로 열린다. 도로봉을 인도한 목소리가 또렷해진다. 그 방이 틀림없다. 스으으, 스으으. 무엇인가가 스치는 듯한 소리. 영혼과 몸이 서로 스친다면 이런 소리가 날지도 모르겠다고, 도로봉은 생각했다.

커튼 틈새로 들어오는 달빛.

거기에 비치는 것을 느낀 도로봉은,

도로봉은,

도로봉은,

                        되었다

공백이   되었다.

그리고

멈췄다

시간이

그 후에, 마침내

　　도로봉은 움직이기 시작
했다.
　　처음부터 스위치가 있는
곳을 알고 있었던 듯 자연스
러운 손놀림으로 방의 불을
켰다.

달빛에 떠오른 동물 우리 같은, 울짱 같은 것.

옆으로 나란히 줄지어 있는 그 막대기의 그림자가 나무 바닥에 줄무늬처럼 떨어져 있었다.

그 안에 있는 검고 작은 것.

웅크린 채 움직이지 않지만 도로봉은 알 수 있었다.

'이것은'

개잖아.

'하지만, 개는 아닐 거야.'

도로봉은 혼란스러웠다.

훔치러 들어간 집에서 살아 있는 것을 만난 건 처음이었다.

정확히 말하면 초등학교 때, 기지나의 열쇠고리를 찾으러 갔을 때도 집 안에 가족이 있었다. 하지만 그때는 사람의 목소리는 들렸지만 모습은 보지 못했다.

다행히 집을 지키는 사나운 개는 아니었다.

나무 울짱 안에 웅크리고 있는 것은 검고 북슬북슬한 털에 감싸인, 한 손으로 들 수 있을 것 같은 강아지였다.

도로봉을 보고도 일어나려고 하지 않는다. 작은 앞발 끝에 머리를 얹고 눈물이 그렁그렁한 공허한 눈으로 올려다본다.

어쨌거나 시끄럽게 짖어대거나 물지는 않을 것 같다.

일단 안심했지만, 도로봉으로 하여금 마음을 놓지 못하게 한 것은 다른 데 있었다.

방 안을 아무리 둘러봐도 스으으, 스으으 소리 내는 목소리의 주인을 찾을 수 없었던 것이다.

'어떻게 된 일이지.'

마음이 술렁거리기 시작했다.

그런 건, 이상하기 때문이다.

그런 건, 잘못됐기 때문이다.

그리고, 그런 건 몹시 싫었다.

가슴의 고동이 빨라졌다.

언제나, 목소리는 들려왔다.

가령 없어져도, 도둑맞아도, 주인이 알아차리지 못하는 것으로부터.

그 규칙이 변했던 적은 지금까지 한 번도 없었다.

그러니까, 그럴 리가 없는 거다.

자신에게 들려주듯 말하고, 도로봉은 다시금 귀를 기울였다.

스ㅇㅇ 스ㅇㅇ 스ㅇㅇ 스ㅇㅇ

틀림없었다.

울음소리도 내지 않는, 그 엉킨 털실 뭉치 같은 생물의 마음속에서 들려오는 소리였다.

'살아 있는 것은 물건이 아니야. 게다가.'

가령 없어져도, 도둑맞아도, 주인이 알아차리지도 못하는 것.

그럴 리가 없다.

도로봉은 다가가서 어둠을 응시했다.

케이지 안은 여기저기 똥과 오줌으로 더러웠고, 오랫동안 청소한 흔적이 없었다. 조금 남아 있는 접시의 물은 탁했고 먼지가 떠 있었다.

'이 세상에는, 청소를 하지 않아도 되는 곳은 하나도 없단다.'

어머니가 입버릇처럼 했던 말이 되살아났다.

도로봉은 쭈뼛쭈뼛 우리 위에서 안으로 손을 넣어보았다. 강아지는 코끝 정도만큼 위를 올려다보았다.

"나는 도둑이지만 무서운 사람은 아니란다."

배 밑에 손을 넣고 들어올렸다. 강아지가 작게 캥 하고 우는 바람에 놀라서 하마터면 떨어뜨릴 뻔했다. 배를 받친 손바닥이 뜨거웠다. 눈높이까지 들어올리고는 두 손으로 다시 안으려고 했다. 허벅지 뒷부분이 딱딱하게 부어 있었다. 털이 여기저기 엉겨 붙어 있었다. 오줌과 똥뿐 아니라 피도 엉겨 붙어 있었다. 엉겨 붙은 털 사이로 보이는 살갗이 군데군데 빨갰다. 상처투성이었다. 눈곱이 덕지덕지 끼어 있는 작은 틈으로 이쪽을 보고 있다. 엉덩이께에서 북슬북슬한 것이 희미하게 흔들리는 걸로 보아, 그 안에서 꼬리를 흔들고 있는 듯했다.

태극권이나 뭔가처럼 천천히 허리를 구부려 되도록 살그머니 바닥에 내려놓는다. 강아지는 비틀거리며 일어서려고 한다. 가둬둔 채 산책을 시키지 않은 탓이리라, 발톱이 자랄 대로 자라 제대로 바닥에 발을 딛지 못한다. 앞발 위쪽에 붙은, 보통은 쓰지 않는 발톱은 이미 완전히 꼬부라져 살 속에 박혀 있다.

살아 있는 것이 없어졌는데, 주인이 신경도 쓰지 않고 알아차리지도 못 하는 일이 있을 수 있을까.

도로봉은 들어올린 그 자그마한 엉킨 털실 뭉치에 뺨

을 대보고는 그 몸이 뜨겁고 게다가 떨고 있음을 확인
했다.

'이렇게 몸부림치며 살고 있는데도, 이 세상에 없는
거나 다름없을 수 있을까.'

도로봉은 자신에게 다시 그렇게 물었다.

있어. 분명.

장무리라면, 그런 일도 있지 물론, 이라고 말할지도
모른다. 자네는 모르겠지만 말이야, 라고도.

그 장물아비도 살아 있는 것은 받아주지 못하겠지.

도로봉은 마음을 정했다.

지금까지 물건의 목소리를 저버린 적은 한 번도 없었
다. 그것이 살아 있는 것이라면 더더욱 저버릴 수 없지
않은가.

새까맣고 북슬북슬한 털 속에서 희미하게 보이는 파
르스름한 눈만이 아득히 멀리서 빛나는 별처럼 반짝였
다. 도로봉은 퍼뜩 '요조라'라는 이름이 떠올랐다.

옛날부터 도둑에게 가장 큰 적은 당연히 개다.

그렇다면 개를 데리고 다니는 도둑이란 정말로 이상

한 거다. 그리하여 원래 도둑답지 않은 도로봉은 더욱더 도둑으로 보이지 않게 되었다.

요조라를 안고 집으로 돌아오는 길에 도로봉은 아직 문을 닫지 않은 동물병원으로 뛰어 들어갔다.

밖에서 들여다보니, 유리 너머로 대기실에 알록달록한 의자가 있었다. 그런 곳은 들어간 적도 잠입한 적도 없던 도로봉이지만 용기를 내어 들어갔다.

"잠시 기다리세요."

접수대에 있던 여자는 생긋 웃고 안으로 사라졌다.

잠시 뒤에 진찰실에서 불렀다. 여자 선생님의 가슴에 '원장 시마'라고 쓰인 명찰이 붙어 있었다.

"어머나. 우리한테 오는 귀여운 아이 중에서도 이 애는 특별히 귀엽네요."

선생님은 반갑게 맞아주었다. 도로봉이 데려간 개의 몸에 난 상처를 살펴보는데도 생글생글 웃는 눈은 그대로였다.

"실은 제 개가 아닙니다."

도로봉은 말했다.

높은 받침대에 올려놓은 요조라는 초록빛이 감도는

눈알을 이리저리 굴리며 푸르르 떨었다.

"어머 그러세요."

시마 선생님이 말했다.

"그런데도 아주 잘 따르네요."

"그런가요. 저는 개를 만져본 적이 한 번도 없어서 잘 모릅니다."

"그래서 그렇게 이상하게 안고 있었군요. 이렇게 상처투성이인데 그렇게 안고 있어도 가만히 있었네요. 그건 당신을 믿기 때문이에요."

도로봉은 개 전용 높은 진찰대를 사이에 두고 선생님과 마주보고 서 있었다. 허벅지를 꽉 누르고 있는 주먹 쥔 손에서 땀이 베어났다.

"믿는다."

도로봉은 낯선 외국어라도 되는 것처럼 그 말을 되풀이했다.

"개는 그 사람의 영혼을 똑바로 꿰뚫어 보니까요. 잘 들으세요, 딱 한 가지만 기억해 두시면 돼요. 개를 키울 때 중요한 것은 딱 이거 한 가지뿐이에요. 개가 당신을 믿어줄 때는 당신도 딱 그만큼 믿어줄 것."

하얀 가운 차림의 시마 선생님은, 접수대에서 기다리세요, 하고 두 팔을 날개처럼 펼쳐 요조라를 안고 많은 기계가 보이는 안쪽 방으로 사라졌다.

자신이 신뢰받고 있다는 말의 의미는 정확히 이해할 수 없었으나, 도로봉은 양지바른 커다란 바위 위에 누워 있는 기분이었다.

그것이 어떤 감정인지 모르는 채로 도로봉은 걱정거리나 궁금한 일이 있을 때마다 시마 동물병원으로 걸음을 옮기게 되었다.

선생님이 가르쳐 준 대로 도로봉은 요조라를 돌보기 시작했다.

개 전용 빗으로 상처 자리를 피해 가며 살살 빗질을 해 봤다.

개털은 인간으로 치면 피부에 해당하기 때문에 날마다 빗질을 해 주는 것만으로도 윤기가 난다고 시마 선생님은 말했다. 털이 엉킨 부분을 빗으로 잡아당기면 아플 텐데도 요조라는 미세하게 떨기만 할 뿐 얌전히 있었다.

"너 참 참을성이 많구나."

도로봉은 생각했다. 괴로워도 드러내지 않을 뿐인지
도 모른다고.

물건에도 그런 것이 있다. 소방서에서 훔친 까만 전화
기가 그랬다. 그 녀석도 내가 발견할 때까지는 전화기인
주제에 소리 내지 않고 아주 조용히 참고 있었다. 내가
조심하지 않으면 안 된다. 다행히 물건처럼 목소리가 들
리지 않아도 살아 있는 것에는 표정이나 몸의 움직임으
로 전해지는 신호가 있었다.

요조라의 상처가 거의 나아가자, 시마 선생님은 샴푸
하는 방법을 가르쳐 주었다.

"귀에 물이 들어가면 꼼꼼히 면봉으로 닦아 주세요.
귀는 어쩔 수 없지만, 코에는 물이 들어가면 안 돼요. 개
한테는 아주 괴롭거든요."

도로봉은 코에 물이 들어가지 않도록 얼굴 샴푸하는
방법을 익혔다. 살아 있는 것은 물건이 아니다. 그렇다
고 인간도 아니다. 그런 당연한 사실이 도로봉에게는 새
로운 발견이었다.

한 달이 지나자 시마 선생님은 개 미용실에 가 보라고
했다.

"우리 병원에서도 미용을 하긴 하지만, 직접 가게를 찾아보는 즐거움도 있으니까요."

조심스레 근처를 돌아다녀 봤다. 도로봉은 몇 군데 가 보고는 부부가 운영하는 새하얀 세모 지붕의 살롱으로 결정했다.

"어떻게 자를까요?"

요조라를 높은 받침대에 올려놓고 요리조리 살펴보면서 접수를 담당하는 부인이 물었다. 도로봉은 머뭇머뭇했다. 그건 생각해 본 적도 없었다. 곤란한 나머지 도로봉은 이렇게 말했다.

"무난하게 해 주세요."

자신이 이발소에서 머리카락을 깎을 때 늘 하는 말이었다.

"그렇게 말하는 분은 처음 보는군요."

부인은 눈을 동그랗게 뜨더니, 이내 깔깔거리며 웃었다.

저녁에 요조라를 데리러 가자, 구르듯이 나온 것은 깔끔하게 털이 다듬어진 귀여운 개였다.

"몰라봤어."

도로봉은 말했다.

"개는 사람과 달라서 온몸이 털이니까요. 털을 어떻게 손질하느냐 하나로 얼굴도, 스타일도 완전히 달라지죠."

부인은 뿌듯한 모양이었다. 털이 워낙 텁수룩했던 요조라였기에 털을 손질한 보람이 컸을 것이다. 또 그만큼 힘도 들었을 것이다.

"고맙습니다."

도로봉은 머리 숙여 감사 인사를 했다.

"별말씀을요. 강아지가 아주 순하더군요. 겁 먹었는지 계속 파르르 떨긴 했지만요."

도로봉과의 생활에 익숙해진 건 확실했지만, 이따금 비 오기 전의 검은 구름 속에서 빛나는 희미한 번개처럼 눈에 두려움의 빛이 스쳤다. 개만이 알 수 있는 어떤 기척을 느끼는지 방구석에 웅크리고 있을 때도 있었다.

그럴 때면 도로봉은 가만히 기다려 주었다. 살아 있는 것의 목소리는 물건의 목소리가 들리는 것처럼 들리지는 않는다. 그래서 그저 가만히 기다리고 있다가 요조라의 떨림이 진정될 때쯤 살그머니 다가가서 등을 쓰다듬어 주곤 했다.

산책하기가 어려웠다. 파르르 떨며 바짝 웅크리는 통에 집 밖에 나갈 수가 없었다. 그럴 때면 도로봉은 억지로 끌고 나가지 않고 도로 집 안으로 들어갔다. 펫숍에서 사 온 파란 몸줄에, 파란 산책 줄까지 매고도 문 앞에서 멈추곤 했다. 며칠이고 그런 일이 되풀이됐다. 마침내 밖으로 나간 건 한 달이나 지난 뒤였다.

하지만 살짝 실금이 간 도로를 넘어가지 못하고 주저앉을 때도 있었다. 맨홀 밑의 물소리를 겁내며 홱 물러서기도 했다. 차가 지나갈 때 다리가 흔들리면 웅크린 채 그대로 주저앉아 버렸다. 산책에 익숙해진 뒤에도 힘들었던 건 인간과 스쳐 지나갈 때였다. 이따금 목구멍으로 작게 으르렁거리고는 도로봉의 뒤로 숨곤 했다. 도로봉은 그때마다 요조라가 기대 오는 복사뼈 뒷부분께에 미세한 떨림을 느끼면서도 아무것도 해 줄 수가 없었다. 그저 서 있을 뿐이었다.

그럼에도 요조라는 서서히 산책을 즐기기 시작했다. 철쭉 냄새를 맡거나 전봇대 냄새를 맡으며 빙글빙글 돌다가 끈이 엉켜버리기도 했다. 게다가 담벼락 틈에 관심을 보였다. 까만 털 속에서 살짝 핑크빛이 도는 코를 벌

름거리면서 꼼꼼히 대상을 구분하여 빈틈없이 맡아 나갔다. 마치 세상 어딘가에 있는 소중한 무언가로부터 받은 편지를 한 글자도 놓치지 않고 모조리 읽어버리겠다는 듯이.

도로봉이 공장에 일하러 갈 때나 도둑질하러 나갈 때면 요조라는 으레 집 안에서 뱅글뱅글 돌거나 목을 갸웃거리거나 했다. 때로는 자신의 장난감인 작은 봉제 인형을 물어뜯기도 했다. 도로봉은 그 의미를 알지 못했다.

쾌청한 어느 아침, 유리문 중간 부분이 흐릿해진 것을 보고 도로봉은 고개를 갸우뚱했다.

지저분해진 그 유리문 가운데 부분이 꼭 하얀 띠 같았다. 웅크리고 앉아 사세히 살펴보니, 그 하얀 띠는 방울방울진 얼룩이 무수히 모여 생긴 것이었다.

잠시 생각하고 그것들이 전부 자신이 돌아오기를 기다리며 내내 밖을 내다보던 요조라의 코끝이 닿은 자국이란 것을 알았을 때, 도로봉은 가슴이 미어졌다. 그것은 지금까지 느껴보지 못한 감정이었다.

요조라와 같이 지낸 지 석 달쯤 지났을까. 처음에는

173

물론 개를 데리고 도둑질을 나갈 생각은 없었다. 하지만 내면의 어디에선가 그래도 괜찮다고 했는지도 모른다. 산책하는 중에 그 물건의 목소리가 들렸다.

언덕 위라 커다란 저택이 많았다. 하늘을 찌를 듯한 떡갈나무며 모밀잣밤나무가 즐비한 사이로 난 비탈길을 천천히 올라간다. 계절은 아직 봄이 오기 전이어서 바람이 좀 차가웠다. 개는 하늘에 흥미가 없기 때문에 위를 올려다보거나 하지 않는다. 높은 나무를 멍하니 보는 것은 도로봉뿐이고, 요조라는 영산홍 덤불이며 봉오리가 맺히기 시작한 조팝나무에 정신이 팔렸다.

그때 들려온 건 비단이 스치는 듯한 기묘한 소리.

캬라락 캬락 캬라락 캬락

새가 지저귀는 소리 같았다. 허공 속으로 쭉 뻗어 나갔다가 사라져 귀에 들리지 않게 된 뒤로도 정수리에 희미하게 저릿함이 남는 목소리였다.

도로봉은 잠시 망설이고는 그 목소리가 나는 저택에서 비탈길을 좀 올라가면 나오는 아파트까지 걸어가 인적이 없는 자전거 보관소 기둥에 요조라를 맨 산책 줄을 묶어 놓았다. 만에 하나, 자신이 도둑질에 실패하더라도 요조라가 도둑과 한 패거리라고 의심받지 않도록 하기 위해서였다. 도둑개라는 의심을 받게 되면 사람들에게 잡히거나 학대당할 것이다.

저택으로 되돌아간 도로봉은 마치 그 집에 사는 사람인 듯 검게 그을린 나무문을 통해 당당히 안으로 들어갔다. 그러곤 만일을 위해 경보 장치가 없는지 둘러보고 잠긴 현관문을 열려고 했다.

'어? 여기가 아냐.'

도로봉은 손을 멈추고 주의 깊게 귀를 기울였다.

캬라라락 캬라락

희미하게 느꼈던 목소리를 포착하고는 저택을 끼고 왼쪽으로 돌아 연못이 있는 정원을 빠져나가자 헛간이 나왔다. 크고 묵직한 맹꽁이자물쇠를 손에 들고 잠시 생각에 빠졌다.

희미하게 위화감이 들었다. 늘 멋대로 움직여 자물쇠

를 열어줬던 손가락이 단지 열 개의 막대기처럼 눈앞에서 꼼짝 않고 있었다. 도로봉은 '자물쇠를 여는 그 느낌'을 어떻게든 떠올려 보려고 집중했다.

도로봉 도로봉
도로로로
뱀 몸통엔 꼬리 없고
뱀 꼬리엔 몸통 없지
도로봉 도로봉
도로로로

마침내 손가락이 잠에서 깨어났고, 자물쇠는 매우 단순한 구조의 맹꽁이자물쇠였기 때문에 눈 깜짝할 사이에 스르르 벗겨져 손 안으로 떨어졌다. 나무 문짝을 열자 캬라라라락—— 캬락락락락—— 째지는 목소리가 와락 밀어닥쳤다.

깜깜한 곳에 희미한 빛이 있었다. 물건이 빛나는 것은 그 자체가 빛을 낸다기보다, 물건이 내는 목소리가 무엇인가와 반응하게 되는데, 도로봉에게는 그것이 빛나는 것처럼 느껴졌다.

빛은 언제나 엷은 오렌지색으로 따뜻한 분위기를 자아냈고, 그것은 저녁때 집 유리창에 켜지는 그리운 불빛을 연상케 했다.

헛간 맨 안쪽. 겹겹이 쌓인 상자 뒤에, 손바닥에 올려놓을 수 있을 정도로 매우 작은 상자가 하나 있었다. 검게 그을린 상자 뚜껑 틈으로 빛이 새어 나오고 있었다. 상자를 묶은 끈을 풀고 뚜껑을 열자 엷은 오렌지색 빛이 기지개를 켜듯 한층 밝게 빛나고는 이내 사라져 버렸다. 안에 있는 것은 도자기로 된 아름다운 실패였다.

그것을 천천히 상자에서 꺼내 눈으로 어루만지듯 보았다. 안녕, 하고 도로봉이 말했다.

"나를 부른 게 너지?"

실패는 부르르 몸을 떨었다. 그리고 이렇게 말했다.

허 참 또 너냐

"어디서 만났던가?"
도로봉은 깜짝 놀랐다.

자신이 훔친 걸 기억하지 못할 리가 없기 때문이다.

　뭐야 잊은 거야 내가 막 만들어졌을 때 나를 데리고 나와 준 것도 너였다고.

　실패가 말했다.

　몇 대나, 몇 대나 지난 이야기지만 말이야.

　"……."

　"이 집 말고 다른 저택이었어. 칼을 든 많은 무사들이 어슬렁 거리는 미당에 마치 제집처럼 불쑥 들어와 나를 훔쳐 줬지."

　다른 누군가와 착각한 모양이다. 자신이 태어나기 전 의 전, 몇백 년도 더 전의 이야기인 게 분명했다. 그런 옛날에도 자신 같은 도둑이 있었단 말인가, 하고 도로봉 은 생각했다.

　"내 조상일지도 모르지."

　"어느 쪽이든 마찬가지야, 실패에게는. 우리는 뱅글뱅글 돌뿐 이라고."

"어떤 사람이었지?"

"너랑 똑같아. 그러니까 조심하라고."

"뭘?"

실패가 말했다.

"물건과 살아 있는 것은 원래부터 다른 세계에 있는 거야. 어느 한쪽에 발을 들여놓으면 다른 한쪽에는 있을 수 없는 게 이치. 물건의 목소리를 들으려면 살아 있는 것의 목소리에는 귀를 막아야 돼. 그 반대도 그렇고. 어느 한쪽의 목소리를 들으면 어느 한쪽의 목소리는 잃게 되거든."

늘 가지고 다니는, 오랫동안 써 온 보자기에 싸자 실패는 얌전해졌다. 그걸 어깨에 멘 회색 천 가방에 넣었다. 그리고 필름을 되감기 하듯 상자를 풀었을 때와 정반대의 움직임으로 상자에 다시 끈을 묶어 원래 있던 곳에 되돌려놓고는, 발꿈치부터 내디디며 같은 보폭으로 헛간을 나와 자물쇠를 잠갔다.

도로봉은 저도 모르게 소리치고 말았다. 그런 일은 도둑 인생에서 처음이었다.

요조라가 헛간 앞에서 기쁜 듯이 하악, 하악거리고 있

었다.

파란 산책 줄은 풀려 땅에 끌린 채였다.

도로봉은 이성을 잃고 말았다. 이 자식아, 안 돼! 하고 소리쳤다.

그리고 도둑질 중이라는 사실을 떠올리자 혼란스러웠다. 어리둥절해서 일어나 멍 하고 짖은 요조라의 머리를 냅다 힘껏 후려쳤다.

그때의 요조라 얼굴을 도로봉은 평생 잊지 못할 것이다. 주먹 끝에 닿은, 밥공기 정도밖에 되지 않는 가냘픈 머리뼈의 감촉도.

캥 하는 소리조차 내지 못하고 무슨 일이 일어났는지 모르겠다는 듯이 어두운 빛으로 된 물음표를 별 같은 눈망울 속에 띄우고, 박제라도 된 것처럼 네 발을 앙 버틴 채 굳어져 있었다.

"요조라."

눈 밑에 코가 있고 코 밑에 입이 있다. 평소에는 그 이상도 이하도 아닌 특별할 것 없는 얼굴을 홱 흩트려놓듯 일그러뜨리고 도로봉은 요조라를 끌어안으려고 했다. 요조라는 흠칫 놀라 뛰어오르더니 몇 발짝 뒤로 물러났다. 이번에는 눈빛 속에 뚜렷이 공포가 떠올랐다.

"누가 있나?"

멀리서 목소리가 났다. 저택 주인이 돌아왔는지도 모른다.

도로봉은 바람에 날아올라간 뭔가를 간신히 붙잡듯 요조라를 안아 올리고 자갈이 울리는 소리에도 아랑곳 없이 있는 힘껏 뛰기 시작했다.

집에 돌아온 도로봉은 요조라를 가슴에 안고 가만히 있었다.

요조라는 처음 한동안은 가만히 안겨 있었다. 하지만 점점 싫다는 듯이 도로봉의 품에서 빠져나가려고 버둥 거렸다. 도로봉이 내려놓지 않으려는 걸 알고서는 다시 얌전해져 도로봉의 뺨에 흐르는 따뜻한 물을 핥았다.

그런 식으로 자신의 감정을 드러냈던 일은 기억에 없 었다. 소리를 쳤던 적도 없었다. 그리고 어째서 그런 감 정에 사로잡혔는지도 분명하게 알지 못했다.

그날부터 도로봉은 두 번 다시 도둑질하는데 요조라

를 데려가지 않았고, 산책 중에 목소리가 들려도 뿌리치고 그곳을 떠나 버렸다.

그리고 그 일을 경계로 도로봉의 능력은 서서히 사라져 갔다.

아홉째 날

그날은 아침부터 더웠다.

쌓여 있는 서류를 정리하면서 나는 머리 한구석에서 계속 도로봉을 생각하고 있었다.

도로봉을 잡아둘 수 있는 것도 오늘을 포함해 이틀 남았다. 더 추궁해봐야 큰 잘못은 나오지 않을 것이다.

그렇다곤 해도 천 건이 넘는 절도를 한 사람을 무죄로 풀어줘도 되는 건가.

나를 골치 아프게 했던 그 생각도 아사미 씨의 눈물로 말끔히 씻겨 버렸다.

적어도 앞으로 재판에 넘겨져 유죄를 받고, 교도소에

처넣을 마음은 도무지 일지 않는다.

　타인에게 도움이 된다면 범죄를 저질러도 상관없다고는 나 역시 생각하지 않는다.

　다만 도로봉의 이야기를 듣고 있으면 도둑질을 하는 사람과 도둑질을 당한 사람 사이에 '도둑질당하는 물건'의 기분이 크게 개입돼 있다. 그것을 어떻게 해야 좋단 말인가. 법률 책에는 쓰여 있지 않다. 우리가 다루는 것은 어디까지나 인간의 일이다.

　도로봉의 도둑질에는 사람이 다룰 수 없고, 간단히 다뤄서는 안 되는 것이 가득 차 있다는 생각이 들었다.

　"우선, 그거지. 이대로 도둑질하는 능력이 발휘되지 않게 되면 이제부터는 성실하게 살아갈 수밖에 없다는 거."

　나는 전혀 줄어들지 않는 서류 더미 앞에서 볼펜을 빙글빙글 돌리면서 혼잣말을 했다.

　"치보리 씨, 이것도 사인 부탁드립니다."

　젊은 형사가 산더미 같은 서류를 책상에 턱 내려놓자 서류의 산이 두 배로 높아졌다. 나는 한숨을 내쉬고는 일찌감치 점심이나 먹으러 나가려고 일어났다.

그때 책상 위에 있는 전화기가 울렸다.

메밀국숫집 앞에서 오하스와 우연히 마주쳤다.

"어."

나는 말을 건넸다. 그대로 나란히 포럼 안으로 들어갔다. 자동문이 힘 있게 드르르 열렸다.

"정식으로 도로봉 석방이 결정됐어."

"그렇습니까."

오하스가 대꾸했다. 식당 안은 아직 한산했다. "어서 오세요, 편하신 자리에 앉으세요." 하는 목소리가 날아오자 우리는 자연스레 같은 테이블에 앉았다.

"아까 위에서 연락이 왔어. 피해 신고도 없고, 자백도 믿을 수 없다면 어쩔 도리가 없다고 말이야."

"그래서, 선배님은 뭐라고 했습니까?"

오하스는 팔에 걸치고 있던 양복을 의자 등에 걸치며 물었다.

"딱히 뭐."

그래도 되겠습니까, 라는 눈빛으로 오하스는 나를 보고는 대들 듯이 보리차를 벌컥벌컥 마셨다.

185

나는 말없이 보리차를 홀짝거렸다. 할 말은 많았지만 하나도 제대로 설명할 수 없을 것 같았다.

"역시, 그 능력이 약해진 모양이더군. 자네가 말했던 조사에 도움을 받는 거, 그건 어렵겠어."

"그렇군요."

오하스는 후후 하고 창밖을 본다. 좁은 네거리에서 오른쪽으로 도는 차가 정체돼 있고, 가볍게 경적이 울린다.

"특별히 아사미 씨의 언니 건이 있어서 그런 건 아니라구."

나는 말했다.

"뭡니까, 그건?"

오하스가 물었다.

"아, 아무것도 아니야."

듣지 못했다면 그걸로 됐다.

"오늘, 시간 있으면 취조에 들어와도 돼. 마지막이니까."

"알겠습니다. 개에 대한 것도 신경이 쓰이긴 합니다."

오하스는 말했다. 이 녀석은 역시 정보를 파악하고 있는 거다.

"자, 뭐 드시겠어요?"

가게 여종업원이 와서 물 잔에 보리차를 따라주었다.

"닭고기달걀덮밥."

"달걀덮밥."

동시에 말한다.

"자네 말야."

나는 엉겁결에 목소리가 굳어졌다.

"난 자네 생각해서 닭고기달걀덮밥으로 시켰는데, 왜 달걀덮밥으로 바꾸는 거지?"

"그러는 선배님은, 제가 일부러 달걀덮밥으로 맞춰드렸는데 왜 닭고기달걀덮밥을 주문하시는 겁니까?"

오하스도 믿을 수 없다는 얼굴이다.

"할 수 없지. 그럼, 나도 날살덮밥으로."

"저는 튀김덮밥으로 하겠습니다."

"왜! 그럼 난 튀김덮밥보다 비싼 거로."

"난 돈가스덮밥으로 줘요."

"자네, 그럼 취조에 오지 마."

"왜죠? 관계없잖습니까."

"저어, 손님."

"좋아."

종업원이 짜증을 냈기 때문에
나는 상사다운 위엄을 담아 결단을 내렸다.

"그럼, 그 중간으로 카레덮밥 둘."

늘 사용하는 공부방에 어렴풋이 오후 햇살이 비쳐 들
어왔다.

"아참, 생각났어."

나는 의자 등받이를 끌어안고 반대 방향으로 앉아 아
사미 씨에게 말을 건넸다.

"도로봉을 잡은 그 비 오던 날, '요조라를 봐 주세요'
라는 말을 들었어. 그때는 무슨 소리인가 싶었는데 개
얘기였어."

"저도 강아지를 걱정하고 있었어요."

아사미 씨가 말했다.

"주인이 일주일 넘게 여기에 붙잡혀 있었으니, 그동
안 계속 밥을 못 먹었을 거 아니에요."

"그래, 그래서 그때 도로봉이 그렇게 말했던 거야."

"틀림없이, 이미."

아사미 씨는 거기서 말을 끊고 울 것 같은 표정을 지

었다.

"도로봉 집에는 없지 않을까."

그 뒤를 이어받아 내가 말했다.

"치보리 씨, 저도 부탁드리고 싶은데요."

아사미 씨는 의자를 빼고 일어서려고 했다.

"괜찮아. 알았어."

나는 손을 내밀어 제지했다.

"도로봉 일이지? 석방이 결정됐어. 어쨌든 능력이 없어져 버렸으니 도로봉이 한 얘기는 이제 아무것도 증명할 수 없게 됐어. 판사든 누구든 믿지 않을 거야. 아, 딱히 동정해서 그런 건 아니고. 범죄는 범죄야. 내가 그렇게 무른 사람은 아니라고."

아사미 씨의 얼굴이 일그러졌다. 그러곤 얼굴을 보이고 싶지 않은지 허둥지둥 고개를 숙이고 한동안 그대로 움직이지 않았다.

그 뒤로 몇 분쯤 지나서 도로봉이 왔고, 곧바로 오하스도 왔다.

이제 취조를 계속할 의미는 없다. 하지만 다음 이야기

를 듣고 싶었다. 아사미 씨도 오하스도 마찬가지이리라.

"자, 그 후로 나한테 잡히기 전까지의 일을 말해 주겠나."

도로봉은 여전히 눈썹 하나 까딱하지 않고 마치 어둠 속에서 남아 있는 성냥개비라도 헤아리는 것처럼 이야기를 시작했다.

"지금으로부터 한 달쯤 전의 일이었습니다."

모르는 곳까지 왔군.

산책을 나간 도로봉은 그렇게 생각했지만, 나중에 생각해 보니 그 공원은 요조라를 훔친 아파트 부근이었다.

비가 지나간 후, 맑게 갠 아침나절.

종이 한 장을 접어 놓은 것처럼 겹겹이 비탈이 이어져 있다. 그런 마을. 요조라의 몸에 맨 가슴 줄을 잡아당기면서 완만하고 긴 그 주택가의 비탈길을 올라가자 시야가 확 트였다.

언덕 위에 있는 그 공원은 마치 높은 산처럼 비 갠 후에 안개가 살포시 내려앉아 있었다. 눈이 번쩍 뜨일 정도로 파란 돌 벤치가 구름 사이로 비치는 파란 하늘처럼 군데군데 앉아 있었다.

공원 안을 걷는 동안, 요조라가 모양이 다른 돌 벤치 다리 하나하나를 꼼꼼히 냄새 맡는 것이 조금 이상했다.

"뭐, 신경이 쓰이는 거라도 있니?"

말을 건네도 올려다보지 않은 채 요조라는 그저 코를 킁킁거릴 뿐이었다.

요조라가 냄새를 맡는 동안, 몽실몽실 움직이는 그 까만 털 뭉치의 등에 매인 파란 줄이 똑바로 공중에 올라갔다가 자신의 손에 내려와, 쿡쿡 움직이는 리듬으로 당겨 온다. 도로봉은 줄을 잡은 손을 다시 꽉 쥐었다.

문득 얼굴을 들었다.

공원 입구 쪽에서 낯선 여사가 이쪽을 보고 있었다. 요조라를 데리고 다니다 보면 종종 주목받게 된다. 그렇다고 난처하지는 않다. 오히려 눈길을 끄는 요조라의 귀여움 덕분에 옆에 있는 도로봉의 존재는 점점 희미해진다.

킁킁거리는 요조라를 내려다본다.

얼굴을 든다.

그때마다 여자가 조금씩 다가오는 느낌이다.

요조라를 본다.

얼굴을 든다.

거리가 좁혀지고 있다. 이런 아이들 놀이가 있었지.

곧이어 여자는 구름 속을 가로지르듯 성큼성큼 이쪽으로 걸어오기 시작했다.

머릿속에 전에는 켜진 적이 없는 격렬한 음악이 멋대로 흐르고, 심장이 마구 뛰는 걸 도로봉은 느꼈다.

순간적으로 그곳을 떠나야겠다고 생각했다. 냄새를 맡고 다니는 요조라의 가슴 줄이 벤치 다리에 감겼다. 줄을 풀기 위해 벤치 주위를 돌았다. 겨우 줄이 풀려 그곳을 떠나려고 했을 때는 이미 목소리가 들릴 정도로 여자가 가까이 와 있었다.

"그 개."

여자는 그렇게 말하고는 잠시 잠자코 있었다.

도로봉은 모든 걸 알아 버렸다.

그 집. 요조라를 구해냈던 그 어두운 숲.

집도 숲과 마찬가지로 보이지 않는 규칙으로 지어져 있다.

살아 있는 것과 살아 있지 않은 물건이 오랜 시간을 함께하는 동안 저절로 이루어지는 통합.

이따금 그것을 볼 수 없는 망가진 숲이 있다. 그것이 바로 그 집이었다.

그 숲의, 주인이, 거기에 있었다.

비싸 보이고 좋아 보이지만 제대로 손질이 되지 않은 옷. 화려한 오렌지색 모자 밑에 있는 눈은 그림자가 드리워져 잘 보이지 않는다. 입에는 투명하고 반짝거리는 것을 칠했지만 그 입술은 꺼칠꺼칠한 각질이 일어나 있다.

"참 많이 닮았어요. 우리 개랑."

도로봉의 눈에는 움직이는 그 입술이 당장에라도 옆으로 쫘악 찢어질 것만 같았다.

"분명, 뒷다리를 저렇게 약간 끄는 버릇이 있었죠. 맞아요, 봐요! 꼭 저렇게 말이에요."

도로봉은 요조라에게 시선을 떨어뜨렸다.

부어올랐던 쪽 발을 약간 끄는 버릇이 있었다. 하지만 상처도 다 나았고, 이제는 거의 표시 나지 않는다. 그 차이를 구분할 수 있는 건 처음부터 다친 것을 알고 있는 사람뿐이리라.

도로봉은 목이 바싹바싹 탔다.

감쪽같이 속여 넘기기로 마음먹었다. 절대로 그 집에

돌려보낼 수는 없다. 여자의 얼굴을 본 채로 요조라를 감싸듯 슬쩍 앞으로 나섰다.

"그 개, 어디서 찾았나요?"

펫숍에서 샀습니다, 하고 말하려고 했다. 태연한 얼굴로 요조라를 안아 보이려고 했다. 요조라는 이제 우리 개다. 그 집에 돌아가고 싶어 할 리 없다.

하지만 도로봉의 마음은 한순간에 꺾여 버리고 말았다.

요조라가 벤치 다리 밑에서 여자를 올려다보며 짧고 더부룩한 꼬리를 흔들기 시작했다.

살랑살랑, 살랑살랑. 열심히.

지금까지 본 적이 없을 만큼 꼬리를 높이 세우고 살랑, 살랑, 세차게.

"어머, 어머나! 역시 맞구나."

여자는 무척이나 반가워하며 말했다.

"역시 마들렌이었어." 갈라지고 약간 째지는 목소리로.

그리곤 웅크리고 앉아 빽빽한 검은 털에 파묻힌 파란 줄의 잠금쇠를 찰칵 하고 풀고는 독수리가 작은 동물을 낚아채듯 난폭하게 높이 안아 올렸다.

"아 그래, 요즘 통 못 봤다 싶었지."

도로봉은 귀를 의심했다. 몇 달이 지났는데!

　요조라는 여자의 팔 안에서 얌전히 있었다. 이상하게도 이젠 방금 전까지의 요조라와는 다른, 전혀 모르는 개처럼 보였다.

　여자는 꽉 다문 입가에 살짝 미소를 띠고 돌아서서 걷기 시작했다. 거기에 아무도 없었던 것마냥 도로봉에게는 눈 한 번 돌리지 않았다.

　떠나가는 여자의 품 안에 안긴 요조라는 고개도 돌리지 않고, 하악하악 혀를 내밀지도 않고 그저 가만히 있었다.

　"마들렌."

　도로봉은 중얼거려 보았다.

　그렇구나, 요조라 같은 개는 처음부터 이 세상에 없었던 거다.

　빛바랜 오렌지색 모자 그늘에 가린 여자의 눈은 끝내 보지 못했다.

　"그게 다인가?"

　나는 물었다.

"네."

도로봉이 대답했다.

"흐음."

오하스는 거칠게 콧김을 내뿜었다.

"그래서 어떻게 했나."

"딱히 아무것도."

도로봉이 말했다.

"그러고도 괜찮았던 거야?"

오하스는 커다란 목욕 수건을 쥐어짜듯 팔짱을 꽉 꼈다.

"개가 옛 주인을 보고 반기니, 어쩔 수 없었을 수도 있지. 하지만 몹쓸 짓을 할지도 모를 여자야."

"나도 그 여자와 똑같습니다."

도로봉이 말했다.

공부방이 잠잠해졌다.

"저도 요조라를 때렸습니다."

도로봉이 말했다.

"그래서 이해하는 건 아니지만, 몹쓸 짓을 한 게 실수였을 수도 있고, 개를 한 번 잃어버려 봤으니 좀 더 소중히 여길지도 모릅니다."

아사미 씨는 숨을 들이마시고 무슨 말인가 하려다 그대로 입을 다물어 버렸다.

"그 뒤에도 물건을 또 훔쳤나?"

내가 물었다.

"한동안 마음이 내키지 않아서 공장에 가는 날 이외에는 집에 가만히 있었습니다. 아직도 물건을 훔칠 수 있는지 시험해 보려고 오랜만에 마을에 나가 봤습니다. 그리고 그 비 오는 날, 형사님을 만난 겁니다. 어렴풋이 물건의 목소리가 들린 것 같아서 툇마루까지 들어갔는데, 거기서 잃어버렸습니다. 형사님이 말하는 능력이란 게 사라져 가고 있었기 때문에 쏴아쏴아 하는 빗소리를 잘못 들었는지도 모르죠."

"아마, 요조라를 봐 주세요, 그런 말을 했지?"

나는 물었다.

도로봉은 얼굴을 들고 내 눈을 보았다. 역시나 내 눈을 지나쳐 내 머리 뒤를 보는 것 같았지만.

"제가 그런 말을 했습니까?"

나는 고개를 끄덕였다.

"내가 잡히면 요조라는 어떻게 되지, 늘 그 생각을 하고 있었으니까요. 틀림없이 무의식적으로 말했을 겁니다. 이미 없어졌는데."

도로봉은 책상 위에 나란히 올려놓은 손을 꽉 쥐었다.

"요조라를 훔치기 전까지는, 잡히고 난 뒤의 일 같은 건 생각해 본 적이 없었습니다."

"언젠가는 그 능력이 되돌아올 거라고 생각하나?"

나는 물었다.

"모르겠습니다. 그 실패가 한 말이 사실이라면, 살아 있는 것의 목소리를 듣게 되면 물건의 목소리는 들리지 않게 되는 모양입니다. 내가 물건의 세계로 되돌아간다면, 다시 목소리가 들릴지도 모르죠."

도로봉은 잠시 입을 다물고 생각했다. 그리고 말했다.

"하지만 이제 전처럼 할 순 없을 것 같습니다. 개의 목소리를 들었다고 생각했는데, 아무것도 모르고 있었습니다. 어쩌면 물건의 목소리도 들린다고 믿었을 뿐이지, 멋대로 상상한 환상이었는지도 모릅니다."

여전히 표정 없는 그 얼굴에서 나는 무엇도 읽을 수가 없었다. 어릴 때부터 지녔던 능력이 어느 날 어디론가 사라져 버린 심정을 상상해 보려고 했다.

나는 갑자기, 아무런 표지도 없는 들판으로 나간 기분이었다.

가슴이 텅 빈 것 같았다.

도로봉은 앞으로 어떻게 하려나.

지금까지 도로봉은 스스로 아무것도 바라지 않았다.

처음으로 뭔가를, 그것도 딱 한 가지를 바랐을 뿐인데 그 때문에 모든 것을 잃게 될 처지에 놓였다.

"내일이면 석방이야."

나는 도로봉에게 고개를 끄덕여 보였다.

더는 아무 말도 할 수가 없었다.

도로봉은 기쁘나고도 어떻다고도 하지 않고 덤덤히 앉아 있다.

공부방 안은 아사미 씨가 공책에 연필을 내달리는 소리뿐이었다.

노크를 하고 들어온 담당자에게 도로봉을 넘겼다.

오하스는 포개고 있던 기다란 다리를 빙그르 돌려 풀고는 일어나서 기지개를 켰다.

"선배님."

"뭔데."

나는 복도로 사라져 가는 도로봉을 바라보았다. 아무 것도 비치지 않는 극장의 작은 스크린 같은 셔츠 입은 등을.

"그냥 생각해 본 겁니다만."

"뭘."

"별거 아닙니다만."

"뭔데 그래."

나는 오하스 쪽으로 몸을 틀었다.

"아니, 제가 어릴 때 개를 여러 마리 키워 봐서 꽤 잘 아는데요."

오하스는 머리를 벅벅 긁으면서 말했다.

"개가 꼬리를 흔드는 게 꼭 좋아서만은 아니라는 겁니다."

"무슨 소리야."

"아, 요조라라는 개 말입니다. 개는 흥분하거나 신경 이 날카로워졌을 때도 꼬리를 흔들 때가 있거든요."

"신경이 날카로울 때?"

"그렇습니다. 이를테면 몹시 불안할 때나, 아니면 목

소리도 안 나올 정도로 몹시 놀랐을 때 말입니다."

오하스는 그렇게 말하고 무슨 까닭인지 아하하하 하고 웃었고, 그 목소리는 복도로 퍼져 나갔다.

다음 날 아침, 석방 절차를 밟기 위해 도로봉을 데리러 간 담당자는 텅 빈 유치장을 보고 입을 떡 벌리고 말았다.

유치장 안은 먼지 하나 없이 깔끔하게 정돈돼 있고, 사람이 있었던 기척조차 없었다.

어떤 사람이 들어왔었지.

아흐레 동안 매일 봐 왔는데 아무리 떠올리려고 해도 그 얼굴이며 모습이 이미 가물가물

해져 잘 떠오르지 않았다.

열째 날

대낮인데도 구름이 하늘을 가리고 있어 어두웠다.

도로봉은 더듬듯이 어디로 이어져 있는지도 알 수 없는 좁은 골목

을 걸고 있었다.

가물거리는 기억에 의지해 요조라를 만났던 그 아파트를 찾아가는 중이었다.

가까이 왔다고 생각했지만, 종이를 접어놓은 듯 오르막과 내리막이 계속되는 여러 갈래로 갈라진 주택가의 골목을 오른쪽으로 왼쪽으로 돌아가 봤지만 몇 번이나 같은 곳으로 나왔다. 더는 능력이 발휘되지 않는 것이다.

지금까지 이런 일은 없었다. 도로봉은 이상히 여겼지만 아무것도 이상할 건 없었다. 전에는 목적지를 정하고 갔던 적이 없었으므로. 모르는 마을을 걷다가 들려온 목소리에 인도되었을 뿐이므로.

들리지 않는 목소리를 들으려 했고, 처음으로 자신이 원하는 것을 찾아다니고 있으니까.

도로봉 도로봉 도로로로
하늘의 새에겐 바다의 노래
바다의 물고기에겐 하늘의 노래
도로봉 도로봉
도로로로

모두 똑같아 보이는 가로수 길의 목련 나무 앞에 멈춰서서 주문을 외워봤지만 아무것도 달라지지 않았다. 혹시나 해서, 다른 것도 몇 가지 외워 보았다. 아무 일도 일어나지 않았다. 주문 자체로 효과가 있을 리 없다. 주문이란 능력을 갈고닦는 계기가 될 뿐이다. 어렴풋이 눈치는 채고 있었으나 그럼에도 마지막으로 기대하고 있었기에 도로봉의 실망은 컸다.

한밤중, 항구에 즐비한 컨테이너를 겹겹이 쌓아 올린 것 같았던 그 건물을 머리에 그려 보았다.

그곳은 요조라가 있었던 숲.

망가진 주인이 지배하는 숲.

도로봉은 별인긴 주위기 무질서한 숲처럼 느껴졌다. 원래 이 세계의 모든 건 주인에게 버림받은 숲이었던 듯이.

무슨 일이 일어나도 이상하지 않고, 무슨 일이 일어나지 않는다고 해도 딱히 이상할 건 없다.

무엇을 빼앗아도 훔쳐도 좋다.

좋은 일도 없고 나쁜 일도 없다.

도로봉은 태어나서 처음으로 사는 건 두려운 일이라

고 느꼈다.

세계가 주인 없는 숲이라면 스스로 주인으로 살아갈 수밖에 없다. 목소리가 사라져 버린 이 세상에서.

도로봉은 길을 잃고 계속 헤매면서 많은 것을 생각했다.

물건의 목소리는 언제나 상대편에서 들려왔다.

자신은 찾는 방법을 알지 못하고, 방법이 없을지도 모른다.

하지만 도로봉은 계속 찾아다녔다. 꼭 찾아야 하니까.

시마 선생님 말이 떠올랐다.

"개를 키울 때 중요한 건, 딱 이것뿐이에요. 개가 당신을 믿어줄 때는 당신도 그만큼 똑같이 믿어줄 것."

딱 하나였는데 그것마저 지키지 못했다.

실패가 한 말이 떠올랐다.

"물건과 살아 있는 것은 원래부터 다른 세계에 있는 것이지. 어느 한쪽의 목소리를 들으면 다른 한쪽의 목소리는 잃게 된다고."

계속 살아 있는 것의 목소리를 원하면 물건의 목소리

는 영원히 들리지 않을지도 모른다.

두렵지만, 그래도 요조라의 목소리가 한 번 더 들린다면.

이걸로 물건의 세계를 잃어버린다 해도.

도로봉은 문득 어릴 때 우연히 만났던 꽃병을 떠올렸다.

바닥에 떨어져 불꽃처럼 산산이 깨져 버린 그 꽃병을.

그랬다. 그날부터 자신은 더 이상 귀를 막지 않았다.

그 시각 나는 한참을 텅 빈 유치장 앞에 서서 오하스의 얼굴을 올려다보고 있었다.

"정말이지, 알고는 있었지만 완벽하군. 적으로 돌아서면 무섭겠는걸."

"어떻게 도망쳤을까요?"

오하스가 말했다.

"아마, 도로봉한테 물어보면 '평소처럼 나갔을 뿐입니다.' 하고 말하겠지."

겨우내 계속 보아온 눈이 봄이 되어 녹아 버리면 거기에 눈이 쌓여 있던 걸 상상조차 할 수 없게 된다. 그런 느낌과 비슷했다.

"자물쇠는 틀림없이 채워 놨겠지?"

오하스는 옆에서 어리둥절해 있는 교도관에게 물었다.

"물론입니다."

교도관이 대답했다.

"분명히 채워 뒀습니다. 그런데 어떻게 된 건지, 그때 일을 떠올려 봐도 안개가 낀 것처럼 기억이 또렷하지 않습니다."

"흐음."

오하스는 심각한 얼굴을 하고 팔짱을 꼈지만 입술 끝이 실룩실룩했다.

"그 사람 얼굴이 기억나지 않는다고?"

내가 물었다.

"예에, 대체 어떻게 된 일인지."

교도관은 당장이라도 꺼질 듯 몸을 움츠린다.

"필시 흉악한 얼굴을 한 팔십 대 연쇄 살인범일 걸요."

오하스가 말한다.

"그, 그럴지도 모릅니다."

교도관이 고개를 끄덕인다.

"아, 그렇지 않아요. 젊은 엘리트 사기꾼인가 그럴걸요."

다시 오하스가 말한다.

"그러고 보니, 그런 것 같기도 하군요."

교도관은 다시 빠르게 고개를 끄덕인다.

"그건 아니죠, 은행에서 대치하던 미녀 갱이었죠."

"아, 이제야 생각납니다."

교도관의 눈이 빛난다.

"놀리지 말라구."

나는 참지 못하고 그만 웃음을 터뜨리고 말았다.

"대단해. 과연 천재아."

오하스는 급기야 허리를 구부리고 거리낌없이 웃어대기 시작했다.

"더구나, 더구나 말입니다."

"더구나, 뭐야."

나는 웃음을 멈추지 못하고 있었다.

"저도 말입니다, 창피하지만 하룻밤 자고 나니까 그 녀석 얼굴이 또렷이 떠오르지 않는 겁니다."

오하스와 나는 웃음이 잦아들 때까지 히힛, 히이잇 하며 앓는 소리를 냈다. 다른 교도관과 직원들이 이상하게 쳐다보며 지나갔다.

나는 눈물을 훔치고 등줄기를 폈다.

"자자. 도로봉을 찾아보자고."

오하스는 놀라며 나를 보았다.

"내버려두는 게 어떨까요. 어차피 석방될 거니까."

"도로봉은 요조라를 구하러 간 거야."

나는 말했다.

"들은 거야. 자네가 마지막에 했던 꼬리 얘기를."

"앗!"

오하스는 어리둥절해 어쩔 줄을 몰랐다.

"야단났군요."

"야단났지. 도로봉의 능력은 거의 사라져가고 있어. 원래 소유주가 도둑맞은 것조차 알아차리지 못하는 물건의 목소리밖에 듣지 못하는데 말야."

나는 계속했다.

"그 여자는 개가 없어진 걸 알았을 거야. 모르기는커녕 지금은 자기한테서 도망친 개를 전보다 더 끔찍하게 다룰지도 모르지. 증오하면서 대할지도 모른다고. 그렇다면 좋지 않은 의미로, 주인이 필요로 하는 셈이지."

오하스는 팔짱을 낀 채로 철창에 기대었다. 찰캉 하는 소리가 텅 빈 유치장에 울렸다.

"물건의 목소리가 들리지 않을 때 도로봉은 아무런 힘도 없어. 들키지 않고 들어가지도, 단서를 남기지 않고 떠나지도 못해."

나는 말했다.

"오히려 보통 사람들보다 서툰 평범한 사내야. 그런데도 요조라를 되찾으려고 무리한 일을 한다면 수상한 사람으로 몰려 붙잡히던가, 자칫 강도나 상해죄를 범할지도 모르지."

오하스의 얼굴에서 웃음기가 사라졌다.

"지금 당장 손이 빈 사람들한테 지원 요청하죠."

"뭐라고 요청할 건데? 초능력을 가진 천재 도둑이 석방을 앞두고 도망쳤으니, 다시 잡아달라고 할 텐가? 더구나, 아직 아무 짓도 안 했지만, 앞으로 개를 훔칠 예정이라고 할 거야? 누가 상대해 줄 거 같은가? 누가 믿겠느냐 말이야."

나는 말했다.

"우리 둘이서 하는 거야. 도로봉을 진짜 도둑으로 만들면 안 돼."

찰캉, 하고 다시 철창을 울리며 오하스는 직립부동 자세가 되었다.

"알겠슴다."

"믿을 사람이 또 한 명 있는데요."

돌아보니 아사미 씨가 서 있었다.

"뭐, 도와드릴 일 없나요. 저도 도로봉을 돕고 싶어요."

나는 조금 망설였다. 하지만 이내 빙긋 웃고는 "가지." 하고 말했다.

"서둘러야 해."

나는 종종걸음으로 복도를 걸어가며 스스로 이렇게 말하고 피식 웃었다.

"미적거리다간 나까지 녀석의 얼굴을 잊어버릴 것 같거든."

요조라가 있는 아파트가 어디에 있는지 우리는 모른

다. 오하스를 도로봉의 집으로 보내고, 나와 아사미 씨는 주소가 적힌 메모지를 들고 도로봉 부모님 집에 찾아가 보기로 했다. 그밖에 도로봉이 들를 만한 곳이라곤 일했던 공장 정도뿐이다.

전철을 두 번 갈아타고, 낮에는 타고 내리는 사람이 없는 작은 역에서 내려 큰길로 걸어가자 옆으로 초록이 무성한 공원이 이어졌다. 바람이 불자 머리 위에서 노래하듯 수런거리는 나뭇가지와 이파리 소리에 어쩐지 마음의 온도가 달라진 느낌이다. 이어폰으로 듣던 음악을 훌륭한 음향기기를 통해 들으면 들리지 않던 소리까지 윤곽이 또렷해진다. 그런 느낌이었다. 나중에 도로봉 어머니의 이야기를 듣고 그곳이 도로봉을 주운 바로 그 공원이란 걸 알게 됐다.

해묵은 빵집 모퉁이를 돌아 신문 보급소를 지나자 손질이 잘된 정원을 판자로 둘러친 단독 주택이 나왔다. 정원엔 나이든 감나무 한 그루가 서 있었다.

"여기 같은데."

내가 말했다.

"부모님한테 왔을 가능성이 있을까요?"

아사미 씨는 그렇게 물었다. 아사미 씨는 평소의 제복이 아닌 평상복 차림이었다.

"적겠지. 하지만 달리 단서가 없는걸, 뭐."

우리가 불쑥 찾아갔는데도 다마요 씨는 싱글벙글 웃으며 맞아주었다. 나는 도로봉의 옛 친구라고 거짓말을 했다.

도로봉에게 들었던 대로 둥글둥글 웃는 얼굴이다. 젊을 때는 더 동그랬을 것 같다.

다마요 씨는 앞치마를 벗고 우리 정면에 앉았다. 거실로 따라 들어간 우리에게 자신의 입을 가리키고 나서 양쪽 집게손가락으로 가위표를 만들어 보였다. 그리고 귀를 가리키고 나서 엄지손가락과 집게손가락으로 동그라미를 만들었다.

그렇다면, 그 꽃병 사건으로 말을 하지 못하게 됐다는 게 사실이었다.

내가 수첩과 펜을 꺼내려는데, 다마요 씨가 얼른 좌식 탁자 밑에서 종이 다발을 꺼냈다. 그것은 이면지를 잘라 끈으로 묶은 것이었다.

"아드님께 신세 많이 지고 있습니다."

탁자에 이마가 닿을 정도로 아사미 씨는 깊숙이 고개를 숙였다. 뭐, 거짓말은 아니다.

다마요 씨는 눈을 동그랗게 뜨더니 이내 빙그레 웃었다.

"최근에, 아드님이 댁에 들른 적 있습니까? 아드님이 사는 집은 지금 비어 있는 것 같더군요."

내가 물었다.

다마요 씨는 고개를 저었다. 그리고 얼굴을 번쩍 들더니 서둘러 거실에서 나갔다.

그러고는 한참을 돌아오지 않았다. 불안해진 내가 무릎을 펴고 일어서려는데 때마침 커다란 접시에 수박을 담아 들고 왔다.

접시를 탁자에 놓고 '드세요'라고 입을 움직이고는, 굵직한 검은 볼펜으로 손수 만든 공책에 흐르듯이 술술 뭔가를 썼다. 그러곤 읽기 쉽도록 우리 쪽으로 공책을 돌렸다.

이웃이 준 게 퍼뜩 생각났어요.
남편과 둘이서는 다 먹지 못한답니다.

"저어, 신경 쓰시지 않아도 돼요."

아사미 씨가 말했다.

"하지만 사양하지 않고 잘 먹겠습니다."

수박은 아주 오랜만이다. 어른이 된 후로 처음 먹어보는 것 같다. 하얗게 빛나는 수분 때문에 빛바랜 듯 보이는 빨강과 윤기 나는 밀랍을 칠한 것 같은 초록색 껍질을 난생처음인 것처럼 바라보았다.

한 입 베어 물자, 차가운 섬유질이 서걱 소리와 함께 따뜻하고 달달한 액체가 되어 입 안에 넘쳐흐른다. 이와 혀 사이가 마치 우주 전체가 된 것 같다. 멈출 수 없다. 브레이크 고장 난 차가 갓길에 올라앉듯이 단단한 껍질에 부딪치고 나서야 비로소 앞니가 움직임을 멈췄다. 빨간 반달 같은 다음 조각에 절로 손이 나간다.

"이렇게 맛있는 수박은 처음 먹어봐요."

아사미 씨의 말에 그제야 정신이 돌아왔다. 아사미 씨는 나에게 손수건을 내밀고 "입 좀 닦으세요." 하고 말했다.

"치보리 씨, 꼭 햄스터에 빙의된 것 같았어요."

수박 반 통을 둘이서 깨끗이 먹어치웠다. 어떻게 입에

서 씨를 뱉었는지도 기억나지 않았다.

다마요 씨는 공책을 빙글 돌렸다.

다행이네요. 첫물이라 별로 달지 않을 줄 알았거든요.

탁자 정면에 앉아 싱글벙글 웃고 있는 다마요 씨와 눈이 마주친 순간, 아사미 씨가 자세를 고쳐 앉으며 말했다.

"저희, 사실은 아드님의 친구가 아니라 형사입니다."

나는 손수건을 입에 댄 채로 캑캑거렸다.

"솔직히 말씀드리는 게 좋다고 생각해요. 도로봉 씨가 나쁜 짓을 한 것도 아니잖아요."

"하지만 걱정하지 마십시오."

나는 서둘러 말을 보탰다.

"잡으러 왔다거나 그런 건 아닙니다. 아드님이 어떤 사건을 해결하는 단서를 알지 않을까 싶어 이야기를 들으려고 찾는 겁니다."

그렇게 말하고, 거짓말 아니지? 라는 눈으로 아사미 씨를 흘겨보았다.

다마요 씨는 가슴에 손을 얹고 있더니 이내 '뭐든 물어 보세요.'라고 공책에 썼다.

"저어, 아드님을 주워왔다는 게 사실인가요?"

아사미 씨가 물었다.

수사와는 상관없는 일이야, 하고 생각했지만 곧바로, 아니지 무슨 관계가 있을지도 모르지, 라고 고쳐 생각하며 나는 고개를 끄덕였다.

다마요 씨는 입을 꼭 다물고 잠시 생각했다. 하지만 일단 결심하자 펜을 술술 움직였다. 어쩌면 도로봉에 대해 이야기할 수 있어 조금 기뻤는지도 모른다.

그 애한테는, 어릴 때부터 우리 아이가 아니라고 얘기해 줬습니다.

학교에 가기 전까지는 그 애도 그것이 보통이라고 생각했던 모양이에요.

그런데 학교에 들어간 뒤로 이상한 말을 하더군요.

"엄마, 우리 반 애들 대부분은 아빠랑 엄마 아이래."라고요.

"흐음."

나는 다마요 씨의 공책을 읽고 신음했다.

그야말로 도로봉다운 말이었다.

이런 말도 했지요.

"재미있는 일이야. 근데 나는 몰랐어.

모두 누군가의 아이이고, 누군가의 아이가 아닌 사람은

한 명도 없는 거구나.

나는 누구의 아이도 아니지만, 그렇다고 갑자기 세상에

툭 떨어진 것도 아니라서 다행이야."

"자기한테 부모가 있다는 것이 기쁜 나머지, 그게 누

군지는 신경 쓰지 않았던 거로군요."

아사미 씨가 맞장구쳤다.

다마요 씨는 생각났다는 듯 다시 쓰기 시작했다.

이런 말도 했답니다.

"엄마, 물건에도 부모가 있어?"

"뭐라고 대답하셨나요?"

아사미 씨가 물었다.

"만든 사람은 있지. 하지만 기계로 만들어진 것도 많으니까, 그것이 부모라고 할 순 없지 않겠니?
 물건의 부모는 그 물건을 소중히 여겨주는 사람이 아닐까?"

 그렇게 대답해 줬지요.

아사미 씨는 골똘히 뭔가를 생각했다.

나도 생각해 봤다.

도로봉의 능력이 어디에서 왔는지는 알 수 없다. 하지만 도로봉의 다정다감함은 이 부모에게서 온 게 분명하다.

"친부모는 어떤 사람인지 모르세요?"

아사미 씨가 물었다.

다마요 씨는 펜을 내달렸다. 뀨우 뀨우 하는 소리뿐이었다.

이 마을은 조용하다. 마당 쪽 새시 문이 열려 있는데,

희미한 바람 소리가 들리는 것 같기도 들리지 않는 것 같기도 하다.

　그건 모르겠네요.
　하지만 엄청 덜렁이 엄마였을 거예요.
　쇼핑백 안에 들어 있던 그 애는, 상처가 47군데나 나 있었어요.
　아주 자그마한 아이였던지라, 마치 상처와 멍이 숨을 쉬고 있는 것 같았지요.

　다마요 씨는 이렇게 썼다.
　내 안에서 형사의 본능이 꿈틀거렸다. 팀파니의 가죽을 손톱으로 긁는 것처럼 가슴이 희미하게 떨리면서 술렁거렸다.
　도로봉의 친부모는 갓난아기를 끔찍하게 다루고, 게다가 버리기까지 한 게 아닌가.
　흘끗 옆을 살폈다. 아사미 씨는 잠자코 있다.
　하지만 다마요 씨는 계속해서 이런 말을 썼다.

나는 생각했지요.

아아, 이 아이는 정말로 사랑받고 있구나 하고요.

나는 한참 그 문장을 보았다. 무슨 말인지 이해할 수 없었다.

옆을 살폈다. 아사미 씨도 그 종이를 물끄러미 보고 있다.

다마요 씨는 그것을 눈치챘는지 빙그레 웃고는 공책을 돌려 펜을 움직였다.

생각하고, 생각하고, 멈추고, 고개를 끄덕이면서 천천히 글씨를 써 나갔다.

덜렁댄 것인지. 위험한 일을 하는 집이었는지,

무슨 일이 있었는지는 모릅니다.

하지만 그 부모는 여기저기에 그 애 몸을 부딪치거나 떨어뜨려서,

언젠가는 반드시 그 애의 생명을 위험에 빠뜨렸겠지요.

그 전에 결심하고 손을 놓은 거예요.

자신의 아이를 놓는다는 건 죽이는 것보다 마음의 힘이

필요한 일.

그래서 이 애는 정말로 사랑받고 있구나, 하고 생각한 거예요.

그때 현관 미닫이문이 드르륵 하고 울렸다.

"다녀왔어. 손님이 오셨나."

거실에 들어온 키가 큰 초로의 남자에게 우리는 동시에 고개를 숙여 인사했다.

"실례합니다."

노름꾼 아버지였다.

"허어."

아버지는 새로 잘라온 남은 반 통의 수박을 먹으면서 말했다.

"그 녀석이 수사의 단서란 말이지요."

"네."

나도 유혹을 뿌리치지 못하고 다시 수박에 손을 뻗고 말았다.

"어디에 도움이 되는 타입은 아닙니다만. 좀 별난 녀

석이긴 해도, 뭐 나쁜 녀석은 아니니 돕도록 해 주시지
요."

아버지는 강렬한 눈빛으로 우리를 보고 말했다. 입 앞
에 반달 모양의 수박이 있어서 웃는 듯 보였지만 아닐지
도 모른다.

"별나다면, 예를 들어 어떤 점이."

나는 그렇게 떠보았다.

"으음, 그렇게 정색하고 물어보면 곤란한데."

아버지는 말했다.

"예를 들면, 물건의 목소리가 들린다던가, 그런 일은
없었나요?"

아사미 씨가 솔직하게 묻고 말았다.

"물건의 목소리."

수박을 든 손이 멈췄다. 아버지는 잠시 생각하고는 이
렇게 말했다.

"그게 무슨 말인지요?"

"하하하."

나는 웃음으로 얼버무렸다.

"아무것도 아닙니다. 신경 쓰지 마세요."

도로봉은 그 능력을 부모에게마저 숨겼을지도 모른다. 쓸데없는 말을 해서는 안 된다. 나는 아사미 씨에게 눈짓으로 신호했다.

"와사삭, 와사삭 부르고 있네, 그걸 말하는 건가요?"

아버지가 말했다.

"네? 그건 무슨 말씀인가요?"

아사미 씨는 내 신호를 무시했다.

아버지는 적당히 볕에 그을린 이마에 주름을 잡으며 커다란 눈을 크게 뜨고 빙그레 웃더니 곡조를 붙여 노래하기 시작했다.

바람바람 슈우웅슈우웅

바람 놀이

와사삭 와사삭 부르고 있네

숲속의 칠엽수가 웃고 있네

바람바람 슈우웅슈우웅

바람 놀이

"그건."

나는 그만 몸을 쑥 내밀고 말았다.

"이건, 내가 살던 시골에서 많이들 부르던 노래랍니다. 날이 좀 추워도 아이들이 씩씩하게 밖에서 놀게 하려는 동요 같은 것이지요."

나와 아사미 씨는 얼굴을 마주보았다. 도로봉의 주문과 아주 비슷했다.

"어릴 때, 아버님도 아드님한테 불러 주셨나요?"

아사미 씨가 물었다.

"아니에요. 나는 불러준 적이 없는 것 같군요."

"정말요?"

나는 놀랐다.

"아, 헌데 아버지가, 그러니까 녀석의 한아버지가 곧잘 흥얼거렸으니까 어릴 적 시골에 갔을 때 들려줬을지도 모르겠군요. 첫 친손자 같다고, 아니 친손자보다 더 귀엽다면서 아주 기뻐했지요."

그리고 아버지가 흥얼거리는 곡조를 끝까지 듣고, 나는 온몸의 털이 곤두설 정도로 마음이 떨렸다.

도론코 도로로로('진흙 질척질척'이라는 뜻-옮긴이)

225

진흙놀이

논의 우렁이 와글와글

연못의 배가 왁작왁작

도론코 도로로로

진흙놀이

"오늘 정말 고마웠습니다."

좀 더 이야기를 나눈 뒤에 나와 아사미 씨는 일어났다.

어이쿠 뭘요, 신경 쓰지 말아요, 라고 말하듯 얼굴 앞에서 손사래를 치며 다마요 씨도 일어났다.

문까지 나와 우리에게 인사하는 다마요 씨를 몇 번인가 돌아보고는 걷기 시작했다.

'사랑받고 있다'는 말이 내내 마음에 걸렸다.

그건 옳고 그름의 문제가 아니다.

다만 누구나 잘못을 하고, 그 작은 무수한 잘못이 모여 세계가 이루어져 있을 뿐.

그 전부를 단숨에 어찌할 수는 없으니 그저 자신 가까이에 있는 잘못에 다가가 손을 내밀 수밖에 없다.

"저 부인의 인생은 무척이나 행복했군."

"그러게요."

아사미 씨가 대꾸했다.

"내가 말한 행복의 의미와 아사미 씨가 생각하는 의미가 같을까?"

내가 물었다.

"모르죠. 하지만 그 행복이란 것도 도로봉 씨가 없었다면, 분명 다른 것이었겠죠."

마지막 문장을 쓰고 무엇인가에 감사하듯 눈을 꼭 감았던 다마요 씨를 떠올리자, 나는 가슴이 벅차올랐다.

역으로 가는데 휴대전화가 부르르 떨어 통화 버튼을 눌렀다. 전화기를 귀에 대기도 전에 스피커가 터져 버릴 것처럼 오하스의 목소리가 쩌렁쩌렁 울렸다.

"망했습니다. 단서가 없습니다."

나는 아사미 씨에게도 알려 주려고 옆을 보았다.

"다 들려요." 아사미 씨가 말했다.

"집에 간 흔적은?"

귀에서 전화기를 조금 떼고 나는 물었다.

"모르겠습니다. 하지만 놀라운 사실은, 문도 잠가 놓

지 않았다는 겁니다. 집 안은 가구도 텔레비전도 없고, 정말이지 살풍경했습니다. 골판지 상자가 죽 늘어서 있는데, 그 안에 훔친 물건이 차곡차곡 들어 있었습니다. 코끼리 모양 물뿌리개며, 이파리가 가득 든 유리병이며 녹슨 칵테일 용기 같은 것들이요. 요조라의 것처럼 보이는 장난감과 사료가 방구석에 깔끔하게 정리되어 있더라구요."

"어디로 갔는지 알 만한 단서가 없다는 말이군."

"지명수배를 하는 게 어떨까요?"

아사미 씨가 말했다.

"말도 안 되는 소리 마. 그게 가능할 것 같나."

나는 그 의견에 반대했다.

"아참! 그 장물아비는?"

"벌써 알아봤습니다."

전화기 너머의 목소리가 말했다.

"장물아비 가게의 장무리는 존재하지 않았습니다."

"뭐어?"

나와 아사미 씨는 그만 소리치고 말았다.

"정확히 말씀드리면, 그런 이름의 장물아비는 없다는

겁니다. 도로봉은 그자가 혹시라도 불이익을 당할까 봐 거짓 이름을 말했겠죠."

"과연 도로봉답군."

나는 말했다.

"이제 현실적으로 도로봉을 찾을 방법은 없어. 포기하지."

아사미 씨가 입을 꽉 다물고 나를 보았다.

이제 할 수 있는 일이라곤 도로봉이 무모한 짓을 하지 않기를 기도하는 것뿐.

무능한 형사 같으니라고. 도둑 한 사람도 구제하지 못하다니.

"알았네. 수고했어."

귀에서 뗀 전화기에서 희미하게 오하스의 목소리가 들렸다.

"어떻게든."

"뭐?"

다시 전화기를 귀에 댄다.

"어떻게든 도주 경로를 파악해 보겠습니다."

"어떻게?"

"취조 전에 찍은 사진이 있습니다."

사진을 찍은 건 확실하다. 하지만 마을에 다니면서 사진을 보여줘 본들 도로봉의 얼굴을 아무도 기억하지 못할 것이기 때문에, 이 사람을 봤습니다, 라는 증언은 나오지 않으리라.

"그래도 해 보겠습니다. 형사 업무의 50퍼센트는 노력!"

오하스는 말했다.

"그리고 남은 50퍼센트는 헛수고입니다."

나는 그만 입을 다물고 말았다.

"그건 누구 말이지?"

"물론, 제 말입니다."

무슨 말을 하려는 건지 도무지 가늠이 안 됐지만 그 마음만은 사무칠 정도로 가슴에 와 닿았다.

정신이 들고 보니, 어느새 역 가까운 공원으로 되돌아와 있었다.

"여기서 다마요 씨가 도로봉을 만난 거군요."

아사미 씨는 그렇게 말하고 공원 안으로 들어갔다.

"저 분수가 분명해."

나는 양복 윗저고리를 벗어 팔에 걸치면서 뒤따라갔다.

분수라곤 해도 화려한 조각 같은 장식도 없고, 타일이 박힌 둥그런 수반 한가운데에 물기둥이 천천히 뿜어져 올라올 뿐이다. 바람과 빛의 영향으로 물밑에 깔린 파랑과 노란 타일이 깨진 거울처럼 반짝인다.

주위를 둘러싸고 있는 나무의 흰 줄기에는 잎이 듬성듬성 매달려 있다.

공원은 광장 두 개가 표주박처럼 이어져 있었다.

연결 부분은 초록색 이파리가 무성하여 마치 작은 숲 같다.

"어렵사리 왔으니까, 한 번 가 보자고."

지금 이러고 있을 때가 아니란 건 알고 있다.

이미 방법은 없지만 그렇다고 가만히 있을 수도 없는 노릇이었다. 사람은 그럴 때, 이해할 수 없는 행동을 취하게 된다.

우리는 그 아름다운 분수를 잠시 바라보고 나서 걷기 시작했다.

숲에 들어가자 울창한데도 나뭇잎 사이로 비치는 빛

살이 부드럽게 떨어져 내렸다. 바람도 잘 통해서 기분이
좋았다.

"가로수길이 나 있어요."

아사미 씨가 놀라워하며 말했다.

"밖에서는 상상도 못 할 정도로 깊숙이 이어져 있군."

길을 따라가자 물소리가 들려왔다. 습한 내음이 훅 밀
려왔다. 커다란 바위의 표면을 물 커튼이 뒤덮고 있다.
시냇물이 발밑을 달리고 있다.

"저기."

나뭇잎 사이로 쏟아지는, 금화를 뿌린 듯한 햇살이 한
층 더 수런거렸다. 거기에 손바닥만 한 작은 동상이 있
었다.

다가가 받침대의 금속판에 새겨진
글자를 읽었다.

"아, 이 사람이 알렉산더 씨네요."

"도로봉의 이야기에 등장하는 사
람이군."

이상적인 공원을 만들기 위해, 이 마을의 촌장이 전
세계를 찾아다닌 끝에 데려온 전설의 공원 설계사.

스키 점프대와 꼭 닮은, 끝이 뒤집어진 콧날. 근사한 8시 20분 수염. 영화에 나오는 흡혈귀가 입을 법한 망토.

"왜 이렇게 작게 만들었을까요. 더구나 이렇게 눈에 띄지도 않는 곳에."

아사미 씨가 말했다.

"겸손한 사람인가. 아니지, 그렇다면 자신의 동상 같은 걸 만들 리 없지."

나는 말했다.

"사람들 눈에 띄지는 않지만 참 예쁜 곳이네요."

"우연히 찾은 사람이 즐거워질 법한."

나는 말했다.

"맞아요."

아사미 씨는 뭔가를 알아차린 듯한 얼굴을 했다. 그 웃음 띤 얼굴은, 하지만 매우 슬퍼 보였다. 천천히 앞을 향해 걷기 시작했다.

나는 그 블라우스를 입은 좁은 등을 보면서 깨달았다.

공원이란 건, 뭔가를 위해서 존재하는 장소가 아니다.

아무런 도움도 되지 않는 게 중요하다.

이 공원은 그런 식으로 만들어져 있다는 생각이 들

었다.

가령 어떤 사람이 세상 누구도 자신을 필요로 하지 않고, 어디에도 자신이 있을 만한 곳이 없다고 생각되는 날에 마음을 다독여 주는 곳.

정말로 세상살이가 무기력하고 의미가 없어질 때, 그럼에도 거기에 있어도 좋다고 말해 주는 곳.

그것이 공원인지도 모른다.

"허참, 바로 내가 그런 사람이군."

나는 쓸쓸히 웃었다. 하지만 그 웃음이 포기하는 표정이 되지 않도록 입을 꼭 다물고 앞으로 나아갔다.

숲을 빠져나간 아사미 씨가 앗! 하고 소리쳤다.

뒤따라기던 니끼지 깜짝 놀랐다.

방금 전까지 있던 공원에 되돌아와 버린 게 아닌가 싶었다.

똑같아 보이지만 자세히 보면 부지도, 한복판에 있는 분수도 한결 작았다.

"진짜 놀랐지 뭐예요."

아사미 씨가 말했다.

"재미있군. 공원이 쌍둥이처럼 이어져 있어."

나는 감탄하며 공원을 둘러보았다.

분수 가까이에서 어떤 남자가 물기둥을 올려다보고 있었다.

하얀 폴로셔츠에 흰 바지 차림. 생김새도, 연령대도 전혀 달랐지만 그 스키점프대 같은 콧날이며 8시 20분 수염.

"그 할아버지."

내가 말했다.

"아니겠죠, 설마."

아사미 씨도 그를 보고 멈춰 선다.

그럴 리 없다. 아니, 그게 있을 수 있는 일인가? 정신을 차리고 보니 발이 멋대로 움직이고 있었다. 나는 그 노인에게 뛰어가고 있었다.

"정말로 실례합니다만. 저어, 혹시, 미스터 알렉산더 아니신지요?"

서툰 외국어로 말을 건넸다.

노인은 천천히 나를 쳐다볼 뿐, 아무 말도 하지 않았다.

툭 튀어나온 이마 밑에서 풍성한 눈썹이 폭포처럼 떨어지고 있어서 눈의 표정을 알 수 없었다.

'이 사람이 알렉산더 씨일 수 있을까. 옛날에 죽어서 이미 역사 속의 인물이라고 생각했는데.'

"알렉산더 씨이신가요? 정말로."

뒤쫓아 온 아사미 씨가 조바심을 내면서 물었다.

"모르지. 모르겠는데."

나는 머릿속의 덤불을 헤치듯 도로봉 이야기를 떠올려 보려 했다.

그래, 그게 단서가 확실해.

전설의 공원 천재라면 뭔가 알지도 모른다.

도로봉은 분명히 이렇게 말했다.

"언덕 위에 있는 공원입니다."

노인은 더듬더듬 말하는 내 입매를 물끄러미 바라보았다.

"비가 개고 나면, 안개가 자욱해서 영락없이 구름 속이죠."

아사미 씨가 앗! 하고 작게 소리쳤다.

"그리고 또, 구름 사이로 보이는 하늘처럼 여기저기 파란색 돌 벤치가 흩어져 있고요."

더 생각나는 게 없나.

"또, 아마 개를 데리고 들어와도 되기 때문에 커다란 공원일 겁니다. 모래밭과 놀이기구는 아마, 없을 거고요."

그때 노인이 입을 열었다.

"요즘엔 개가 들어갈 수 없는 공원이 있는 모양이더군. 슬픈 일이야."

나는 하마터면 웃음을 터뜨릴 뻔했다. 매우 유창한 일본어였다.

"비가 그치고 곧바로 앉을 수 있는, 물이 잘 빠지는 벤치를 만든다는 건 정말이지 불가능에 가깝지. 오야마 마을에 있는 오야마 공원은 특별하지만 말이야."

"오야마 공원."

절로 내 입이 떡 벌어졌다.

"맞아. 그런 멋진 공원은 보기 힘들지."

"방금 들으신 이야기만으로 아신 건가요?"

아사미 씨의 목소리가 날카로워졌다.

"모를 리가 있나."

때마침 강한 바람이 불어오자 분수의 물방울이 안개가 되어 반짝반짝 우리에게 내려앉았다. 알렉산더 씨의

긴 눈썹이 촉촉이 젖어 축 늘어지자 그 사이에서 그 공원의 벤치 같은 새파란 눈동자가 보였다.

"내가 만들었는데."

깜짝 놀랐다. 벌리고 있던 메마른 입 안이 분수의 물로 촉촉이 젖었다. 아사미 씨와 얼굴을 마주보고는 그제야, 고, 고, 고맙습니다, 라는 말이 나왔다.

"그럼, 할아버지가 진짜 미스터 알렉산더이군요."

"이 나라가 좋아서 거의 여기서 살다시피 하고 있지. 초대받을 때마다 와서, 이 공원을 시작으로 몇십 년 동안, 여러 곳에 수많은 공원을 만들어 왔지. 오야마 공원은 그중 하나이고."

"많은 도움이 됐습니다."

나는 한동안 멍하니 있다가 서둘러 깊숙이 고개를 숙이고 나서 아사미 씨를 돌아보았다.

"사실을 알았으니, 서두르자고."

황급히 오야마 공원으로 향하려는 우리에게 전설의 공원 설계사가 말을 건넸다.

"당신들은."

"아, 실례했습니다."

우리는 뒤돌아섰다.

"경찰입니다."

"경찰이 오야마 공원에서 뭘 하려는 건가?"

내 공원에서 위험한 짓을 하면 용서하지 않겠다는 듯이 알렉산더 씨의 눈이 번쩍 빛났다.

"어떤 사람을 도우러 가려고요."

아사미 씨가 말했다.

"그 사람은 어릴 때 이 공원에 버려졌어요. 그리고 이 분수에서 새 부모님을 만났죠."

"흠."

알렉산더 씨는 썩 재미있지 않다는 듯 젖은 수염 끝을 짜고 있었다.

"정말로 좋은 공원이라면, 그 정도 기적은 일어나는 법이지."

오야마 마을이라면 전철보다는 택시가 빠르다.

요조라가 있는 아파트는 오야마 공원 가까이에 있을 터.

거기서 탐문하면 의외로 금세 찾을 수 있지 않을까.

나와 아사미 씨는 희망에 차서 눈을 반짝였다. 그리

하여 역 앞에서 택시를 잡아타고, 오야마 공원요, 하고 말했다. 오하스에게 연락하려고 꺼낸 전화기가 먼저 울렸다.

"선배님."

"뭐야."

잘 들리지 않았다.

"선배님, 늦은 것 같습니다."

전파가 잘 닿지 않는 게 아니라 오하스가 숨을 헐떡이는 탓이었다.

"경찰서에서 무선이 들어왔습니다. 여자 혼자 사는 아파트를 침입한 강도가 현행범으로 체포됐나 봅니다."

"잇."

옆에서 듣고 있던 아사미 씨가 작게 소리쳤다.

"도로봉인가?"

나는 물었다.

"아직 정확하지 않지만 범인은 키가 크지도 않고 작지도 않고, 뚱뚱하지도 마르지도 않고, 십 대로도 오십 대로도 보이는 남자라고 합니다."

"어디선가 들어본 것 같은데."

"그런 사람은 그 녀석밖에 없겠죠."

오하스는 애가 타는지 그렇게 내뱉었다.

"위치는?"

나는 아니기를 바라며 기도하는 심정으로 물었다.

"오야마라는 곳입니다."

나는 오야마 공원으로 향하는 택시 운전사에게 그 현장의 주소를 말하고 행선지를 변경했다.

"그런 훌륭한 아파트에, 능력도 발휘되지 않는데 재주도 좋게 잠입했네요."

아사미 씨가 파란 하늘에 우뚝 솟아 있는 검은 그림자를 올려다보며 말했다. 결국 여기에 요조라가 있는 집이 있었다는 말이다.

로비에 경관이 한 명 있었다. 상황을 물어봤다.

"7층이라는데."

나는 아사미 씨에게 전하고 엘리베이터로 걸어갔다.

"범인은 아직 체포된 채로 현장에 있다는군."

"도로봉 씨가."

아사미 씨는 울 것 같은 목소리를 냈다.

"가여워요."

"서두르면 어떻게 될 수도 있겠지."

나는 말한다.

"주민인 척하고 안으로 들어가서 베란다를 타고 침입한 모양이야."

"그게 가능해요?"

"의외로 몸이 가벼웠겠지."

나는 이렇게 말하고 7층을 눌렀다.

집 앞에는 수사관 두 명이 있었다. 치보리 형사다, 라고 밝히며 들어갔다.

"모두, 미안하지만 내 얘기 좀 들어보라고. 이건 아니야."

내가 크게 손을 흔들고 가능한 위엄 있는 목소리로 말했다. 낯선 형사가 돌아보았다.

"이야, 치보리가 아닌가. 어떻게 된 일이지?"

"아, 유라기시. 잘됐군."

나는, 이제 됐다 싶었다. 유라기시는 나와 비슷한 나이에다 말이 통하는 사내다.

"아냐. 아니라고."

"뭐가."

유라기시는 팔락거리는 얇은 코트를 걸쳤고 수염은 텁수룩했다. 어느 모로 보나 딱 형사다.

"정말로 아닙니다."

아사미 씨도 말했다.

"그러니까, 뭐가?"

유라기시가 눈을 희번덕거린다.

"아, 좀 침착하라고."

나는 말한다.

"그건 내가 할 말이야."

유라기시가 말한다.

"실은 이 범인을 잘 알아. 도둑이 아니야. 아니, 도둑이지만 이런 도둑질을 할 놈이 아니라고."

"무슨 소린지 통 모르겠군."

유라기시가 말했다.

"나도 범인을 잘 아는데."

"알고 있나?"

나는 놀랐다.

"어떻게?"

"어떻게라니. 이루카자와 고로, 43세. 전과 20범. 상습 빈집털이범이지."

나는 허둥지둥 옆 거실로 가서 확인했다. 체포되어 심문을 받고 있는 사내는 전혀 다른 사람이었다.

유라기시는 네모난 눈썹 사이의 좁은 미간에 세로 주름을 잡고 말했다.

"다른 때 같으면, 분명 이런 강도질을 할 놈이 아니지. 빈집을 털다 주인이 돌아오는 바람에 다툼이 벌어진 모양이야. 놈의 감도 무뎌진 거지."

어느 모로 봐도 도로봉이 아니다. 아니, 이루카자와라면 나도 이름을 들어본 적이 있다. 오랜 세월 숙련된 전문 빈집털이범이다.

"저어."

아사미 씨가 쭈뼛쭈뼛 유라기시에게 묻는다.

"경찰서 무선으로, 몇 살인지 알 수 없는, 아주 특징이 흐릿한 사람이라고 들었는데요."

"아, 그건 말이죠."

"죄송합니다."

아까부터 부엌 안에 숨어 있던 젊은 여성이 머뭇머뭇

다가왔다. 셔벗 같은 은색 머리칼에 호수 같은 파란 눈동자.

"제가 전화했어요. 일본 남자들은 젊은지 나이가 들었는지, 통 가늠이 안 돼서요. 제가 제대로 설명하지 못했습니다."

"이 집에 사는 나스타샤 씨."

유라기사가 말했다.

"러시아에서 온 유학생이래. 일본 문화를 배우고 있는데, 검도도 초단이야. 이루카자와는 이걸로 일격당하고 실신한 모양이야."

유라기시는 장갑을 낀 손으로 탁자 위에 놓여 있던 나무 막대기를 들어 보였다.

"밀방망이군."

내가 말했다.

"네. 메밀국수 만드는 공부도 하고 있거든요."

나스타샤 씨는 부끄러워하며 말했다.

"그런데 자네 이 주변 사정에 밝은가?"

나는 정신을 가다듬고 유라기시에게 물었다.

"밝은 정도가 아니지. 내 마당이나 다름없다구."

경관 두 명 사이에 낀 이루카자와가 머리를 흔들면서 내 눈앞을 비틀비틀 지나갔다.

"혹, 이런 아파트 아나?"

나는 도로봉 이야기를 떠올리면서 설명했다.

말라빠진 뼈다귀 같은 콘크리트.

화물 컨테이너를 겹겹이 쌓아 놓은 듯한, 아마도 7층짜리 아파트.

"알지."

유라기시는 곧장 대답했다.

"딱 알겠고만. 정말로 그런 느낌의 건물이 있어. 제대로 봤군."

"가시죠."

아사미 씨가 내 손을 잡아끌었다.

"근데, 그쪽은?"

"우리 서의 여경, 아사미 씨."

유라기시는 눈을 동그랗게 뜨고 무슨 말인가 하려는 것 같았다.

"오해하지 말라고. 성이 아사미 씨야."

나는 서둘러 말했다.

"내가 뭐라고 한 것도 아닌데, 왜 그러나? 그건 그렇고, 뭐가 어떻게 된 거야. 그렇게 엄청난 사건인가?"

유라기시가 물었다.

"그 아파트에 안내 좀 해 주게. 가면서 설명하지."

"알았어."

유라기시와 나와 아사미 씨가 나스타샤 씨에게 인사를 하고 막 현장을 나가려는데, 울부짖는 소리가 났다. 입구에서 제지하는 경관들을 그대로 끌고 거대한 그림자가 소리를 지르며 나타났다.

"아냐, 아니라고, 오해야! 그 녀석은 그런 도둑질을 할 놈이 아니라고!"

헐레벌떡 뛰어온 오하스였다.

걸어서 몇 분 거리에 그 아파트가 있었다.

우리는 큰길 하나를 사이에 두고 아파트를 올려다봤다. 하늘이 높고 파랬다.

확실히 컨테이너를 조금씩 어긋나게 겹쳐 놓은 듯한 외관이었다. 내 눈에는 크레트라고 하는 개를 넣는 케이지를 몇 개고 쌓아 놓은 것처럼 보였지만.

"사정은 알았고, 근데 믿기 어려운걸."

대충 설명을 들은 유라기시는 전봇대에 기댄 채 말했다.

"실제로 보지 않으면 믿기 어렵습니다."

오하스는 응응, 하고 고개를 끄덕이면서 왠지 기쁜 듯이 말한다.

"어."

아사미 씨가 숨을 죽였다. 길 건너편을 똑바로 가리켰다.

조금 전까지는 없었다.

어느새 거기에 있었다.

모두가 지켜보았는데도 아무도 보지 못했다.

태평하게 눈앞을 지나가는데도 모두가 보지 못했다.

아파트의 유리 자동문 안에서 인터폰을 들여다보고 있는 남자.

특징 없는 생김새. 표정 없는 얼굴. 기척이 느껴지지 않는 존재.

"도로봉이다."

우리는 동시에 말했다.

"저 사람이 도로봉? 이야, 영락없는 투명인간이군."

유라기시가 눈을 끔뻑거린다.

"가 보죠."

오하스가 말한다.

"기다려요."

아사미 씨가 오하스의 소매를 잡아당겼다.

"인터폰을 누르고 있어요."

"역시 능력을 쓸 수 없는 거야."

나는 말했다.

"받지 않나 봐요."

아사미 씨가 말했다.

"또 아파트 호수를 누르는데요."

그렇게 몇 번을 되풀이하자 모니터에 불빛이 들어왔다.

"받았어요. 무슨 말인가 하는데요."

"진지하게 이야기한다 해도 만나주지 않을 것 같은
데."

오하스가 그렇게 말한 순간, 아파트의 자동문이 열렸

"믿을 수 없어."

내가 말했다. 개 주인이 안에서 열어 준 것이다.

"야단났군."

당황한 나는 길을 건너려고 했다.

"위험해요!"

아사미 씨에게 팔을 잡혔다. 조금 전까지는 차가 거의 다니지 않더니 커다란 트레일러 네 대가 연속으로 달려 간다. 마지막 한 대가 지나간 뒤에는 이미 도로봉은 거 기에 없었다.

"몇 층이었는지 보였나?"

유라기시가 물었다.

모두 고개를 저었다.

그때부터 몹시 힘들었다. 우선, 근처에 담배를 사러 갔던 관리인 할아버지를 붙들고 안에 들여 보내 달라고 간청했다. 경찰이란 걸 믿어주지 않는 바람에 십 분 넘 게 시간을 잡아먹었다.

아사미 씨에게 1층을 맡기고, 내가 7층과 6층, 오하스 가 5층과 4층, 유라기시가 3층과 2층을 찾아보기로 하고 엘리베이터로 뛰어들었다.

7층에서 문이 열리자 복도는 하나. 좌우로 네 개씩 묵직해 보이는 문이 있었다. 도로봉의 모습은 없었다. 나는 우선 가장 가까운 701호의 초인종을 눌렀다.

10분쯤 지나 6층까지 조사를 마친 내가 계단을 내려가 로비로 가자, 아사미 씨와 오하스가 벌써 기다리고 있었다.

"7층 6층, 이상 없음. 빈집도 많긴 하지만."

"1층도 도로봉 비슷한 사람도 오지 않은 모양이에요."

아사미 씨가 말했다.

"5층 4층, 단서가 전혀 없습니다."

오하스가 말했다.

엘리베이터 소리가 나고 얇은 코트로 몸을 감싼 유라기시가 어두운 얼굴을 하고 내려왔다.

"도로봉은 안 내려왔나?"

"아니."

"어디로 나간 거지."

"왜 그러나?"

"여자 집은 2층 204호였어. 늦었어."

나는 온몸에 소름이 돋았다.

"설마!"

고민에 빠진 도로봉이 칼 같은 흉기로 위협하면서 억지로 개를 되찾아가는 광경이 머릿속에 떠올랐다.

"개는 죽었다더군."

유라기시는 얼굴을 일그러뜨렸다.

"204호에는 자네가 말한 딱 그런 외모의 여자가 살고 있었어. 나와 눈을 마주치지 않더군. 좀 전에도 전에 개를 맡아 줬던 사람이 찾아왔길래 '무슨 일이 있나요?' 하고 물으니, 제발 개를 자기한테 달라고, 돈 봉투를 내밀면서 머리를 숙였던 모양이야. 여자는 그 남자에게 이렇게 말했다는데."

당신, 그 애랑 정이 들어버렸군요. 마음은 고맙지만 어쩌죠, 개는 이제 여기에 없는데.

그 뒤로 마들렌은 병이 나서 죽었어요.

아사미 씨가 숨죽이는 기척이 느껴졌다. 우리는 말을

잃었다.

"나한테는 이런 말도 하더군."

유라기시가 말한다.

"그 사람, 분명 무슨 나쁜 짓을 해서 쫓기는 거라구요. 생각해 보면, 도망간 개를 보호해 줬다고 하지만 혹시 도둑맞은 게 아닌가 싶거든요. 그동안 그 사람한테 몹쓸 취급을 당해서 마들렌이 약해진 거예요. 그 사람이 죽인 거나 마찬가지라구요."

그 전날의 이야기.

도로봉은 마음을 정했다.

탈수해서―도로봉으로시는 대언하게 나왔을 뿐이지만―밤중에 집에 돌아가 무슨 방법이 없을까 곰곰 생각해봤다. 접어놓은 펜스와 빨아 놓은 수건이며 비어 있는 밥그릇을 우두커니 바라보면서.

물건이 목소리로 불러주지 않으면 능력은 발휘되지 않는다. 잠긴 문도 열지 못한다. 그보다 요조라가 있던 아파트의 위치조차도 가물가물하다.

취조가 끝난 뒤로 유치장 안에서 수없이 떠올렸던 시

마 선생님의 말.

"개를 키울 때 중요한 것은, 딱 이것뿐이에요. 상대가 믿어줄 때는 당신도 똑같이 그만큼 믿어줄 것."

나는 지금 무력하다. 도로봉은 그렇게 생각했다.

자신에게 힘이 있다고 생각한 적이 없기에 무력하다는 생각도 해보지 않았지만 실은 큰 힘이 있었던 것이다.

그 힘이란 많은 물건에게서 받은 것이었다.

이제 그 힘이 없다. 하지만 지금 이때도, 요조라가 몹쓸 짓을 당하고 있을지도 모른다고 생각하자 몸이 부르르 떨렸다.

"요조라를 다시 훔쳐내겠어. 나는 천재 도둑이야."

도로봉은 방 한가운데에 앉아 혼잣말을 했다.

아니에요

누군가가 말했다.

도로봉은 방 안을 둘러보았다.

물건의 목소리가 그렇게 또렷이 들렸던 건, 정말로 오랜만이었기 때문에 나 말고 사람이 또 있나? 하고 어리둥절했다.

도둑이 아니에요 우리한테는 말이에요

도로봉은 최근에 훔쳐 온 물건들이 들어 있는 골판지 상자에 귀를 기울였다.

훔쳐낸 게 아니에요 도와준 거예요

벽장문을 열었다.

목소리는 초코 쿠키 통에서 나오고 있었다.

서기에는 어릴 때부터 나갔던 벼룩시장과 장물아비에게 물건을 판 돈이 들어 있다.

벽장에서 나온 도로봉은 초코 쿠키 통의 뚜껑을 열었다.

노리스 씨 남편 것이었던 반지가 돈에 섞여 있었다.

말을 한 건 그 반지였다.

반지는 형광등 불빛 아래서, 이렇게 예뻤던가 싶을 정도로 복잡한 빛을 빙글빙글 뿌리고 있었다.

갖고 싶은 걸 손에 넣을 때 보통 사람은 어떻게 하는지 알고 있어요

반지는 재밌다는 듯이 말했다. 그럴 리 없겠지만, 벼룩시장에서 어린 도로봉에게 여러 가지를 가르쳐 준 노리스 씨의 말투와 닮았다.

나를 팔아요

반지가 말했다.

지금까지 모은 돈까지 합치면 펫숍에서 제일 비싼 개도 살 수 있을 만큼 돼요

"너를 팔라고?"

그래요 얼른 그 장물아비한테 가 봐요 당신에게 도움이 된다면 기쁜 일이죠
물건은 누군가에게 도움이 되기 위해 태어나는 거니까요

도로봉은 당황스러웠다. 장무리를 처음 만났을 때, 좋은 반지이니 팔지 말고 언젠가 소중한 사람에게 주는 게 어떻겠냐, 하는 말을 들었다. 이 반지는 단순한 반지가 아니라 노리스 씨와 또 많은 추억과 일체가 되어 이젠 자신에게는 부적이나 다름없다는 것을 새삼 깨달았다.

요조라 주인은 공원에서 만난 당신을 기억하고 있어요 그러니까 몰래 들어가지 말고
당당하게 초인종을 누르고 열어 달라고 해요

반지의 목소리는 점점 더 사람의 목소리처럼 들렸다. 아무리 말을 살하는 물건이라도 지금까지는 이렇게 또렷한 목소리로 들린 적은 없었다.

"그 주인에게 필요한 것을 분명하게 말하고, 그리고 서로 이야기해서 손에 넣는 거예요 물건의 목소리가 들리지 않는 보통 사람은 그렇게 해요"
"너를 돈으로 바꿔서 요조라를 사라는 거야?"
도로봉은 머릿속이 복잡해졌다. 한 번도 생각해 본 적

이 없지만 보통 사람은 필요한 물건이 있으면 훔치거나 하지 않는 건 분명하다. 서로 원하는 가격을 말하고 결정되면 값을 치르고 산다.

"할 수 있어요 벼룩시장에서도 그렇게 했잖아요"

"맞아."

"빨리요"

반지는 초조한 듯이 계속 말했다.

"이제 곧 내 목소리는 들리지 않게 될 거에요 물건의 목소리가 들리지 않게 된다는 것만은 기억해 둬요 요조라가 집에 오고 나서 당신 한 번도 본 적이 없을 정도로 정말 행복해 보였어요 우리는 그게 기뻤어요"

그 목소리는 점점 모래시계 소리 같은 희미한 속삭임이 되어 갔다. 사르락 사르락 하고 웃는 것처럼 들렸다.

"그리고 말이에요 난 올지 안 올지도 모르는 당신의 신부를 기다리면서 벽장 속에서 평생을 지내는 건 그만 둘래요"

"도로봉 씨가 걱정돼요."

아사미 씨가 말했다. 속삭이는 목소리지만 의외로 아파트 로비에 크게 울린다.

"얼마나 낙담했을까."

"집에 가 볼까요? 어쩌면 거기 있을지도 모르죠."

오하스가 말했다.

"우린 결국 아무런 도움도 못 되네요."

아사미 씨는 고개를 숙였다.

"아, 그렇지 않을지도 몰라."

나는 문득 무언가가 떠올라 로비 안쪽으로 걸어가 엘리베이터 맞은편에 있는 문을 노크했다.

"예. 사람 찾는다는 건 끝났습니까?"

문이 열리고 관리인이 안경을 밀어 올리면서 나왔다.

"갑작스레 죄송합니다만."

나는 물었다.

"이 아파트는 반려동물을 키울 수 있습니까?"

"여긴, 절대 반려동물 금지랍니다."

관리인은 즉시 대답했다.

"그렇다면 작은 강아지도요?"

"작든 크든, 안 되는 건 안 되지요. 금붕어나 거북이라면 또 모르지만요."

고맙습니다, 금방 끝납니다, 하고 인사한 뒤에 나는

동료들에게 돌아왔다.

"들었나, 방금 얘기?"

"네에."

오하스가 대답했다.

"그 여자는 몰래 키웠던 거로군요. 그래서 산책도 제대로 못 시켰던 거고."

"그러니까 키우는 걸 아는 사람이 있으면 곤란한 거지. 도로봉이든 우리든."

나는 말했다.

"그럼, 죽었다는 건, 우릴 속이려는 거짓말일 수도 있겠군."

유라기시가 말했다.

나는 204호의 벨을 눌렀다.

"누구세요."

인터폰 너머에서 갈라진 여성의 목소리가 들려왔다.

"실례합니다. 반려동물 건으로 찾아왔습니다."

잠시 뒤에 문이 빼꼼 열렸다.

"좀 전에도 다른 경찰분한테 말했는데요."

여자는 고개를 숙이고 있어서 정수리밖에 보이지 않았다. 여자가 말을 이었다. "찾아왔던 남자에 대해서는 아무것도 모르고, 개도 이제 없다고 말했는데요."

"하아. 이거 어쩐다죠. 경찰이 벌써 다녀갔군요."

나는 가능한 한 부드러운 목소리로 말한다. 유라기시와 달리 위협하는 건 딱 질색이다. 상대가 경계하지 않도록 하는 게 내 특기다.

"이 아파트, 반려동물 사육 금지인 건 알고 계시죠?"

빼꼼 열린 문 뒤에서 여자가 움찔 놀라는 것 같았다. 나는 계속했다.

"실은 주민분들이 집주인한테 이 아파트에서 울음소리가 난다고 불만을 제기했답니다. 그런데 좀처럼 개선되지 않는다고, 지역 상담 센터로 청원이 들어왔습니다. 그래서 제가 이렇게 조사하는 겁니다."

"상담 센터에서 나왔어요?"

"네에. 아무래도 일이 복잡해져서, 이대로 가다간 경찰이 가택수사란 명목으로 이 아파트 전 세대를 조사하게 될 것 같습니다. 반려동물이 있는 집은 여기서 나가셔야 합니다. 어디 그뿐인가요, 재판을 받게 되면 막대

한 위약금까지 지불하게 될 것 같습니다."

"그건 이상하잖아요."

여자는 처음으로 얼굴을 들었다. 앞머리 밑에 있는 눈은 도어체인 뒤에 가려 여전히 보이지 않았지만.

"예에. 그래서 저희도 그리되기 전에 주의하시도록 이렇게 주민분들을 찾아다니는 겁니다. 그건 그렇고, 이야, 벌써 경찰이 움직일 줄은 몰랐습니다."

협조 감사합니다, 하고 나는 정중히 고개를 숙인 뒤에 문 안에 대고 싱긋 웃음을 던지며 말했다.

"물론 현재 반려동물이 없으면 전혀 문제없으니 걱정 마십시오."

그 후로 우리는 아파트 출입구를 지켜보았다. 불과 30분 만에 여자가 나왔다. 오렌지색 모자를 푹 눌러쓰고 커다란 가방을 들고 있다.

"예상보다 훨씬 빠르군."

유라기시는 엄한 목소리로 속삭였다.

우리는 뿔뿔이 흩어져 여자 뒤를 밟았다.

여자는 이따금 멈춰 서서 두리번거렸지만 뒤돌아보지

않고 빠른 걸음으로 주택가 언덕을 올라갔다.

도착한 곳은, 그랬다, 오야마 공원이었다.

해가 기울기 시작한 오후의 하늘 아래서 공원은 바다에 두둥실 튀어나온 곳 같았다. 새파란 벤치가 구름 사이로 언뜻언뜻 나타나는 하늘처럼 여기저기에 떠 있었다.

나는 나무 그늘에 몸을 숨겼다.

여자는 곧장 공원을 가로질러 가더니, 입구에서 제일 멀리 떨어진 벤치 옆 잔디 위에 가방을 놓았다. 재빨리 주위를 둘러보고는 아무 일도 없었던 것처럼 등을 쭉 펴고, 모자를 고쳐 쓰고 뒤도 돌아보지 않고 공원을 나갔다.

휴대전화가 부르르 떨었다.

오하스의 목소리.

"여자가 언덕으로 되돌아왔습니다."

잠시 후에 다시 휴대전화가 떨었다.

이번에는 유라기시의 목소리.

"아파트 앞. 돌아왔어. 방금 들어갔다. 이상."

"치보리 씨."

아사미 씨가 뛰어왔다. 눈짓을 교환하고는 함께 종종

걸음으로 벤치로 향했다.

의외로 무게감 있는 가방을 살그머니 안아 올려 파란 벤치에 올려놓았다.

가방의 지퍼를 조금씩 열었다.

안에서 꼬물꼬물 움직이는 검은 털 뭉치. 어디가 얼굴이지? 하고 생각하는데, 털 뭉치가 빙글 돌아서 초록색 눈동자를 깜빡거렸다.

"작전 성공. 그렇게 얘기하면 개를 버리러 나갈 거로 생각했지. 며칠 잠복할 각오했는데, 30분도 안 걸렸어."

나는 음울한 마음을 싹 지워버리듯 말을 건넸다.

"여어. 너 요조라지, 알고 있단다."

"안녕, 요조라."

아사미 씨가 말했다.

"잘 돌아왔어!"

도로봉이 도망친 지 이제 곧 하루가 되어 간다.

하늘 저편이 엷은 적자색으로 물들기 시작했다. 상가의 가게며 집들의 불빛이 드문드문 켜지기 시작했고, 햇볕을 받아 들썩들썩하던 공기가 갑자기 차분히 가라앉아 손으로 휘저으면 잡힐 것만 같았다.

올려다보니 다세대 주택 창문에서 빛나는 누르스름한 불빛이며 가로등 불빛의 테두리가 흐릿하게 번져 흘러넘치고 있다. 이따금 좁은 길을 지나가는 차의 브레이크 등이 아직 굳지 않은 딸기 젤리처럼 빨갛게 흐물흐물 흩어진다.

도로봉이 사는 다세대 주택 앞.

밖에서 복도와 현관문이 보인다.

나는 피식 웃는다.

"왜 그러세요."

아사미 씨가 묻는다.

"도로봉하고 똑같은, 아무런 특징도 없는 집이다 싶어서."

"아."

아사미 씨가 소리쳤다.

"아."

나도 엉겁결에 소리쳤다. 또다. 사방에 신경을 쓰고 있었는데도 눈앞에 나타날 때까지 전혀 알아차리지 못했다. 그 사내는 그저 똑바로 걸어왔을 뿐인데.

"도로봉."

"형사님."

도로봉은 타고난 무표정으로 말했다.

"다행이군요."

아사미 씨는 정말로 마음이 놓이는 듯이 말했다.

"혹시 낙담해서 무슨 일이라도 벌어지면 어쩌나 싶었는데."

늘 들고 다니는 가방, 늘 신고 있는 운동화. 손에는 두툼한 갈색 봉투를 들고 있다. 도로봉은 우리의 얼굴을 번갈아 보고는 봉투에 눈길을 떨어뜨렸다.

"물건들이 제게 가르쳐 줬습니다. 얻고 싶은 것은 돈을 주고 사면 된다고. 그게 보통이리고. 도둑의 힘이 없어져도 아무렇지 않다고."

"그 봉투."

"반지를 팔았습니다."

도로봉이 대답했다.

"훔치지 않고 주인한테 당당히 이야기해서 데려오려고 했던 거죠?"

아사미 씨는 감동받은 듯이 말했다.

"하지만, 이미 늦었습니다. 요조라는."

"늦지 않았어요."

아사미 씨는 그렇게 말했고, 나는 가방을 땅바닥에 내려놓고 지퍼를 열었다.

기다릴 수 없다는 듯이 요조라가 뛰어나와 도로봉의 다리에 달려들었다. 도로봉은 지금 눈앞에서 일어나는 일을 이해할 수 없는 것처럼 잠시 굳어진 채 있다가 천천히 무너지듯 무릎을 꿇고 어색하게 요조라를 안아 올렸다.

그리고 볼을 비볐다. 요조라는 기쁜 듯이 도로봉의 얼굴을 핥았다.

"믿을 수 없어."

도로봉은 얼이 빠진 무표정한 얼굴로 말했다. 그런데도 눈에는 빛나는 것이 고여 있었다.

"어떻게 된 거죠?"

"사람은 거짓말을 하지. 쉽게 말하면 말이야."

나는 말했다. "물건과 달리."

"나를 다시 체포합니까?"

도로봉은 정색하고 내게 물었다.

"아니, 그럴 생각 없네. 그게 말이지, 모두 자네를 돕고 싶어 했어. 형사가 도둑한테 말하는 것도 이상하지만."

나는 말했다.

"이상합니까?"

도로봉은 눈을 끔뻑이며 이상하다는 듯이 말하고 나서 웃는 것 같았다. 그때 분명히 웃은 기분이 들었다.

"누군가에게 도움이 되고 싶어 하는 사람이 경찰이 된다고 생각했습니다."

느낄 듯 느끼지 못할 정도의 가랑비가 내렸다.

문 옆의 수국 꽃은 이미 지는 색이었다.

그리고 며칠 뒤

얼마 뒤에 경찰서로 엽서가 한 장 도착했다.

치보리 님
앞으로 형사님께 폐를 끼치지 않도록 먼 곳으로 이사

하여 열심히 도둑질을 하려고 합니다. 그동안 신세 많이 졌습니다. 물건의 목소리는 아직도 가끔씩 희미하게 들려옵니다.

도둑 도로봉 드림

"열심히 도둑질을 하겠단 말이지. 이런 엽서를 경찰에게 보내다니."

나는 오하스 자리로 가서 엽서를 보여줬다.

"이야, 우리가 우습게 보인 거로군요."

오하스는 낄낄 웃었다.

도로봉은 앞으로 어떻게 될까.

물건의 복소리를 다시 듣게 될까. 아니면 듣지 못히게 될까.

그것에 대해 나는 곧잘 아사미 씨와 이야기한다.

그 공원에서 발견한 요조라의 귀여움에 반해서 언젠가는 개를 키우고 싶다는 이야기도 나누곤 한다.

도로봉은 그 사람이 없어져도 알아차리지 못하는 것을 훔친다. 그리고 그 사람의 인생을 조금 바꿔놓는다.

나도 혹시 도로봉에게 뭔가를 도둑맞지 않았나, 하고

생각할 때가 있다.

　주인에게 들리지 않게 돼 버린 것들의 목소리, 분명 그것이 그 사람을 마음속 어딘가에서 묶어두고 있는 것이다. 도로봉은 그것을 훔쳐냄으로써 그 사람을 해방시켜 주는지도 모른다.

　어찌 되든 상관없다.

　결국 물건의 주인이 그것을 알아차릴 일은 없을 테니까.

옮긴이 | 고향옥

동덕여자대학교와 동대학원에서 일본 문학을 전공하고, 일본 나고야대학교에서 일본어와 일본 문화를 공부했다. 지금은 한일 아동문학연구회에서 어린이 문학을 공부하면서 좋은 일본 책을 우리말로 옮기는 일에 힘쓰고 있다.

도둑 도로봉

1판 1쇄 | 2019년 1월 10일 1판 2쇄 | 2019년 8월 1일

지은이 | 사이토 린 그린이 | 보탄 야스요시 옮긴이 | 고향옥
펴낸이 | 조재은 편집부 | 박선주 김명옥 육수정 영업관리부 | 조희정 정영주
펴낸곳 | (주)양철북출판사 등록 | 2001년 11월 21일 제25100-2002-380호
주소 | 서울시 마포구 양화로8길 17-9 전화 | 02-335-6407 팩스 | 0505-335-6408
전자우편 | tindrum@tindrum.co.kr ISBN | 978-89-6372-282-5 03830 값 | 14,000원

편집 | 박선주 디자인 | 육수정

DOROBON, NEVER BEEN CAPTURED
by Rin Saito and Yasuyoshi Botan
Text ⓒ Rin Saito 2014
Illustrations ⓒ Yasuyoshi Botan 2014
Originally published by Fukuinkan Shoten Publishers, Inc. Tokyo, Japan,
in 2014 of the first printing under the title of "DOROBOU NO DOROBON"
The Korean rights arranged with Fukuinkan Shoten Publishers, Inc. Tokyo.
All rights reserved.

• 어린이제품 안전특별법에 의한 기타표시사항

품명 아동 도서 제조자명 (주)양철북출판사 제조년월 2019년 8월 1일 제조국 대한민국
주소 서울 마포구 양화로8길 17-9 연락처 02-335-6407 사용연령 8세 이상

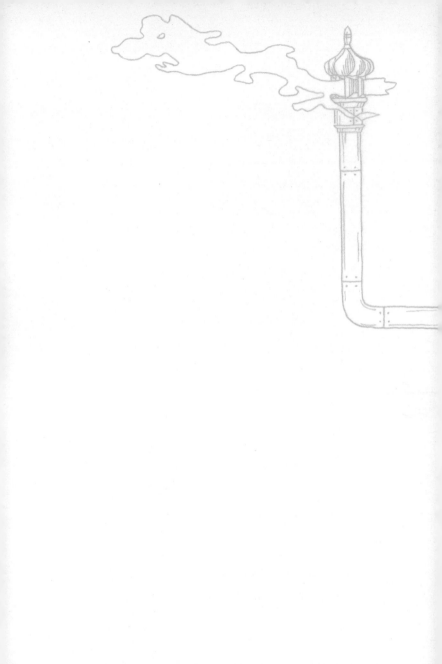